NARRATORI
ITALIANI

www.giunti.it
www.bompiani.it

© 2023 Giunti Editore S.p.A. / Bompiani
Via Bolognese 165 – 50139 Firenze – Italia
Via G.B. Pirelli 30 – 20124 Milano – Italia

ISBN 978-88-301-0568-3

Prima edizione: gennaio 2023

Progetto grafico
Polystudio

Consulenti per le parti in dialetto:
Miriam Centanin per la lingua veneta
Giacomo Mameli per la lingua sarda
Carmelo Segreto per il dialetto siciliano
Davide Giovannini per il dialetto romagnolo

EDOARDO DE ANGELIS
SANDRO VERONESI
COMANDANTE

ROMANZO
BOMPIANI

Corri in soccorso con amore, la pace seguirà.
RIVER PHOENIX

Ci sono tre tipi di uomini:
i vivi, i morti, e quelli che vanno per mare.
PLATONE

INTRODUZIONE
di Sandro Veronesi

La storia che ha portato alla nascita di questo libro è miracolosa, e una storia miracolosa deve essere raccontata. È una storia che ha luogo nell'estate del 2018.

Quella del 2018 in Italia è stata un'estate terribile. Come tutte le estati erano aumentati i viaggi dei migranti in fuga dai lager libici, viaggi che potevano avere solo tre esiti: o riuscivano, e i barconi pieni di gente approdavano a Lampedusa, a Malta, in Sicilia, in Calabria; o venivano immediatamente bloccati dalla Guardia costiera libica, che riportava i fuggiaschi nei lager; oppure si trasformavano in tragedia, con i motori che smettevano di funzionare, i gommoni che si sgonfiavano, gli scafi che si rovesciavano e i profughi che di colpo si trasformavano in naufraghi. Ciò che rese quell'estate così difficile da sopportare fu il fatto che, anziché un potente moto di solidarietà, in Italia si produsse una violenta onda xenofoba che si accanì in particolare su questa terza categoria di persone – cioè coloro che una volta finiti in acqua, anche ammettendo che disponessero di qualche relitto cui aggrapparsi, non avevano che poche ore di sopravvivenza. Su di loro, gli ultimi degli ultimi, venivano convogliate le più basse deiezioni morali sotto forma di slogan ripetuti sui social media: "Buon appetito ai pesci", "È finita la pacchia", "È finita la crociera" – mentre alla Guardia costiera italiana veniva impedito di intervenire e i migranti annegavano. Vi erano solo alcune imbarcazioni di soccorso non italiane che incrociavano le acque, chiamate SAR (da Search and Rescue, cioè Ricerca e Soccorso), e di tanto in tanto effettuavano salvataggi, dopo i quali però iniziava l'odissea alla ricerca di un porto dove sbarcare i naufraghi (il governo nel frattempo aveva avviato la famosa politica dei *porti chiusi*), mentre l'onda xenofoba si schiantava sulle ONG che le avevano armate, fatte oggetto di una brutale campagna diffamatoria: "Taxi del mare" vennero chiamate le navi che effettuavano i soccorsi, alludendo a una mai dimostrata, anche nelle molte inchieste giudiziarie, complicità dei soccorritori con gli scafisti libici – naturalmente a pagamento.

In questo tempo impazzito, colmo di rabbia e di frustrazione, io non riuscivo più a dormire. I miei pensieri si allagavano di quelle mostruosità e nient'altro mi interessava – una reazione che non avevo mai sperimentato, così radicale e pervasiva, in tutta la mia vita. Per convogliare il mio malessere in azioni concrete, mi misi in contatto con i responsabili delle ONG, in lista d'attesa per far parte degli equipaggi futuri, ma soprattutto, per la prima volta in vita mia, fondai un movimento: mi resi conto infatti che nelle mie stesse condizioni si trovavano molti amici e amiche ai quali confessavo la mia frustrazione, e li arruolai sotto una sigla, "Corpi", che indicava il desiderio di mettere per l'appunto il proprio corpo tra quell'onda xenofoba e le sue vittime. Nel fare questo, però, agii come se stessi organizzando una festa per il mio compleanno: invitavo le persone di cui apprezzavo l'impegno e la coscienza sempre mostrati nel compiere il proprio lavoro, col risultato che molti si ritrovarono a far parte del gruppo solo perché conoscevano me, senza conoscersi tra loro. Ora non starò a riportarne la lista completa*, ma vorrei ricordare la risposta che ottenni da Antonio Pennacchi, uno dei pochissimi più avanti di me negli anni, quando lo sollecitai a farne parte: "A Verone', io viaggio co' due bastoni, ma se me chiedi di accompagnarti sulla nave a dare una mano a quei disgraziati te dico di sì."

Misi dunque insieme questo gruppo di amici volenterosi in una chat su Signal chiamata per l'appunto "Corpi". Tra di loro c'era anche Edoardo De Angelis, che avevo conosciuto da poco poiché mia moglie aveva lavorato alla promozione del suo film *Il vizio della speranza*. Prima ancora di incontrarlo di persona e venire investito dalla sua fraterna energia, ero rimasto colpito da un fatto: durante le riprese del film, ogni mattina all'alba lui mandava a tutti quelli che ci lavoravano, compresa mia moglie, un messaggio che chiamava "nota", per *accordarli* su un'ispirazione comune cui fare riferimento durante la giornata di lavoro. Si trattava di un suo breve testo di fulminante bellezza, la cui lettura era diventata motivo d'ispirazione quotidiana anche per me, che non c'entravo niente e lo leggevo di strafroro. Mi resi conto lì che Edoardo appartiene a quella stirpe di registi che scrivono bene, e questo ovviamente me lo fece apprezzare in modo particolare.

Tra le cose che Edoardo portò nella chat ci fu un link, una mattina, al sito di *Avvenire* che riportava le dichiarazioni dell'Ammiraglio Pettorino, allora Comandante della Guardia costiera, il quale, nel suo discorso in occasione dell'anniversario della fondazione del corpo, pur assicurando la dovuta obbedienza agli ordini provenienti dal governo, che impedivano alle sue motovedette di soccorrere i naufraghi nel mar Libico, teneva a precisare che "salvare le vite in mare è un obbligo di legge e morale". Dopodiché, uscendo dal testo consegnato in anticipo alle autorità, cioè a braccio, si era preso la libertà di ricordare la figura del Comandante Salvatore Todaro, che durante la Seconda guerra mondiale con il suo sommergibile affondò una nave belga in pieno oceano Atlantico per poi salvarne l'equipaggio, disattendendo gli ordini dell'Ammiraglio tedesco Karl Dönitz. In seguito a quell'iniziativa proprio Dönitz lo aveva definito "Don Chisciotte del mare" (uno slogan idiota, anche allora), ma Todaro gli aveva tenuto testa difendendo strenuamente la propria iniziativa di trarre in salvo i nemici e dando la spiegazione che adesso Pettorino faceva sua per manifestare il proprio dissenso riguardo agli ordini ricevuti dal governo: "Noi siamo marinai," aveva detto Todaro, e Pettorino ripeteva, "marinai italiani, abbiamo duemila anni di civiltà, e noi queste cose le facciamo."

Colpito da queste parole, Edoardo aveva approfondito la faccenda: aveva così conosciuto la figura di Salvatore Todaro, eroe di guerra della nostra Marina, una volta medaglia d'oro, tre volte d'argento e due di bronzo al valor militare, e soprattutto aveva trovato numerose ricostruzioni dell'episodio cui si riferiva l'Ammiraglio Pettorino. Ognuna differiva un poco dalle altre ma tutte concordavano sul punto cruciale: il salvataggio dei nemici in mare, che faceva risuonare quella storia in tutta la sua limpida e potentissima attualità, e la spiegazione di quella scelta con quella frase poderosa – "siamo italiani".

In privato, Edoardo mi chiamò per chiedermi cosa pensavo dell'idea un po' folle che gli era venuta, di fare un film da quella storia. Un film di guerra. Un film storico. In cui un ufficiale della Regia Marina Italiana, in piena guerra, disobbedisce agli ordini dei tedeschi e salva ventisei nemici appena affondati con il suo sommergibile. Gli risposi che era un'idea grandiosa, e che era proprio questo che dovevamo fare, cercare argomenti, storie e testimonianze sulle quali concentrarci con tutte le nostre forze per dimostrare che quella che consideravamo una disonorevole infamia era veramente una disonorevole infamia. Certo, ci sarebbe voluto un bel po' di tempo, un film di guerra non si monta in quattro e quattr'otto, ma andava bene lo stesso: alcuni si impegnano in iniziative immediate, altri in imprese più laboriose, tutti però puntando verso un unico obiettivo. Edoardo fu molto contento del mio incoraggiamento, cominciò con le sue ricerche e della cosa non parlammo più.

Ed eccoci infine al punto miracoloso della storia; eccoci alla – non so come altrimenti chiamarla, anche se non potrei, perché non sono credente – manifestazione diretta della volontà divina. Tra le persone che avevo invitato a far parte dei Corpi, infatti, vi era anche Jasmin Bahrabadi, un'amica livornese che lavora alla promozione di gruppi musicali, e che io conoscevo da molto tempo. La presentai agli altri Corpi sulla chat: ne conosceva pochissimi. Secondo la sua indole, più che chattare si mise a disposizione per organizzare le liste d'imbarco e le manifestazioni di supporto alle ONG di cui ci facevamo promotori, cosa che fece con impegno. Finché, una mattina, Jasmin mi mandò una mail privata alla quale allegava un pezzo, da lei ispirato, pubblicato in prima pagina dal *Tirreno* e dedicato al Comandante Salvatore Todaro citato da Pettorino, definendolo "un articolo su mio nonno".

Cioè: *Jasmin era la nipote di Todaro.*

Incredulo, le chiesi il permesso di girare l'articolo nella chat e, ottenutolo, lo condivisi con gli altri accompagnandolo con la sbalorditiva notizia che avevo appena ricevuto. Pochi minuti dopo il telefono squillava: era Edoardo, anche lui sbalordito come davanti a un'apparizione della Madonna.

"Tu lo sapevi, di' la verità."

"Ti giuro di no."

Due giorni dopo Edoardo era a Livorno con Graziella, la figlia di Todaro, a casa di Jasmin – la stessa casa dove Todaro aveva vissuto con sua moglie prima della guerra. Ebbe accesso ai due bauli conservati amorevolmente che contenevano tutte le cose appartenute a lui: le sue lettere, le fotografie, le decorazioni, i libri di yoga e di occultismo che leggeva e quelli dove, da autodidatta, studiava il fārsī, cioè la lingua persiana. (Non la faccio lunga, a questo punto, con i miracoli, ma chi lo desidera può chiedersi perché la mia amica Jasmin di cognome faccia Bahrabadi, cioè da quale Paese provenga e che madrelingua parli suo padre.)

Un mese dopo mi arrivò l'invito di Edoardo a scrivere con lui la sceneggiatura del film: anche se scrivere sceneggiature non è mai stato il mio forte, il segno ricevuto dal cielo pareva molto chiaro e accettai con entusiasmo. Memore delle "note" che mandava ogni mattina durante le riprese del *Vizio della speranza*, e incoraggiato dalla naturalezza con cui, fin dalla prima stesura del trattamento cinematografico, si era impadronito della lingua di Todaro, buttai lì pure una mia proposta: oltre alla sceneggiatura, mentre i produttori mettevano in piedi il film, avremmo scritto insieme anche il libro ispirato a quella esemplare storia italiana. Anche quella proposta fu accolta con entusiasmo.

Quattro anni dopo, mentre le riprese del film stanno per finire, ecco qui il libro. La xenofobia è ancora lì, pronta a montare in nuove onde feroci, e purtroppo anche la guerra, adesso, non è più lontana come allora: ragioni di più perché gli italiani (quelli che vanno per mare, ma soprattutto quelli che non ci vanno, che prendono il sole sul bagnasciuga, e giocano a racchettoni, e partecipano alle feste in spiaggia, e considerano giusto, perfino patriottico, lasciar morire affogata la gente che fugge dalla povertà, dalla persecuzione e dalla guerra) sappiano di chi sono figli. Anzi, nipoti.

* A ogni buon conto, la lista è questa, in ordine alfabetico:
Roberto Alajmo, Silvia Bacci, Jasmin Bahrabadi, Alessandro Bergonzoni, Caterina Bonvicini, Marco Cassini, Manuela Cavallari, Teresa Ciabatti, Massimo Coppola, Franco Cordelli, Francesca d'Aloja,
Edoardo De Angelis, Luca Doninelli, Stefano Eco, Giuseppe Genna, Silvia Giagnoni, Gipi, Simone Lenzi, Antonio Leotti, Gabriele Muccino, Michela Murgia, Antonio Pennacchi, Riccardo Rodolfi,
Elena Stancanelli, Chiara Valerio, Sandro Veronesi, Paolo Virzì, Hamid Ziarati.

1.

RINA

Io confesso.

Confesso che quando me l'hanno riportato con la schiena spezzata, più morto che vivo, ma vivo, dentro di me ho provato sollievo: ma non perché era vivo – questo confesso; per la schiena spezzata. Eravamo sposati da poco, lui stava facendo carriera in Marina, velocemente perché era il più bravo, e io mi ero già rassegnata, perché sapevo di avere sposato un guerriero e sapevo, come lo sapevano tutti, che stavamo andando incontro a una guerra. Sapevo che lui avrebbe servito la patria senza risparmiarsi, e quindi che le avrebbe dato la vita. Questo ammazzava anche me. Era come se una parte di me, così giovane com'ero, fosse già morta. Era scritto, lo sapevo, l'avevo accettato, ma mi ammazzava.

Poi, l'incidente. Non in Africa (la guerra, in attesa di quella grossa, eravamo andati a farla laggiù), ma a cento chilometri da casa, a La Spezia. Non in un'azione temeraria, ma durante un'esercitazione. L'onda sollevata da un siluro che investe l'idrovolante sul quale stava filando a pelo d'acqua, e lo tira giù. Frattura della colonna vertebrale, permanente. E io confesso: confesso che lo preferivo di gran lunga così, invalido invece che sano, pensionato invece che comandante, prigioniero mio e della famiglia che avremmo costruito. Che non fosse morto era un miracolo: ma ancor più miracoloso era che non potesse più combattere, e che avesse bisogno di me.

Ma è durato poco. La guarigione, anch'essa un miracolo. Il busto metallico, un tormento che però a lui, anziché togliergliela, dava forza. Già quando glielo hanno stretto attorno al torso per la prima volta, già lì ho capito. Ero presente. Due ufficiali medici glielo hanno messo, uno più anziano e uno più giovane, nell'ambulatorio ortopedico dell'Accademia. Ero presente e osservavo, dall'altra parte di quella stanza enorme e inondata di luce – ma ero lontana, irrilevante, come se non ci fossi. Quello che c'era, e si sentiva, era il guerriero che tornava a impossessarsi del corpo di Salvatore Todaro. Quel busto metallico che non avrebbe potuto togliersi mai più e gli avrebbe piagato la carne lui lo benediva, perché gli impediva di piegarsi in due come un fiore spezzato; lo teneva dritto, quel busto, e se poteva stare dritto poteva combattere.

Dolore gliene causava molto, ma sopportare il dolore per lui non era un problema – e quando si faceva insopportabile c'era la fiala della morfina.

Il sollievo è finito presto. Lo conoscevo, sapevo cosa aveva in testa, eppure il mio tentativo l'ho fatto lo stesso. Gli ho parlato, gli ho dipinto la vita che sognavo di fare con lui, alla quale chiunque altro, nelle sue condizioni, si sarebbe rassegnato: vendere la casa in città, andarsene su, verso Montenero, a mezza costa, dove i cascinali non costano nulla. Vivere dei frutti della terra, allevare gli animali. Il vino, l'olio, le api, il miele buono. I figli cresciuti nell'aria pulita, sfamati con ciò che noi stessi avremmo prodotto, lontano dalla guerra che prima o poi sarebbe arrivata. Prendermi cura di lui, alleviare il suo dolore, amarlo, adorarlo, renderlo felice, ogni giorno, ogni ora, sempre: questo non gliel'ho detto, ma era evidente. Gli ho messo davanti tutto l'amore che avevo, tutto insieme. Gli ho detto del suo di amore, però: gli ho detto che lui la vita alla patria l'aveva già data, era caduto con l'idrovolante. "Due volte?" gli ho chiesto, "vuoi dargliela due volte?"

Lui mi ha ascoltato, non ha detto nulla. È andato dal Betti.

Il Betti era un sarto, ma era anche un medium. Salvatore andava da lui ogni volta che doveva prendere una decisione, perché il Betti comunicava con il suo spirito-guida – un guerriero dell'antica Grecia, dice. Cieco, dice. Faceva parte del suo lato nascosto, che poi non era nemmeno nascosto, perché i suoi interessi per l'occulto, le sue pratiche orientali, gli studi di magia e metempsicosi non li nascondeva affatto – ero io che non riuscivo a condividerli. Io credo in Dio e basta. Salvatore, dunque, dopo avermi ascoltato è andato da lui, dal Betti, e io posso immaginare la scena con la massima precisione perché una volta, prima dell'incidente, prima ancora che ci sposassimo, ci ha portato anche me. Una bottega piccolissima piena di stoffe, aghi, rocchetti, fili, e una macchina da cucire a pedali tenuta come fosse un altare. Il Betti in silenzio, in piedi, con gli occhi chiusi e il metro intorno al collo. Salvatore gli dice: "Rina vuole che accetti la pensione da mutilato. L'opzione minima. La casa in campagna." Il Betti rimane in silenzio, in piedi, con gli occhi chiusi e le mani sul tavolo da lavoro, uno, due, tre minuti, e poi si mette a parlare – ma a parlare non è lui, e infatti parla in greco antico, lingua che non conosce dato che ha solo la terza elementare. Poi prende un foglio, la sua matita da sarto, e scrive – ma non è lui a scrivere:

ἔνθα δὲ Σίσυφος ἔσκεν, ὃ κέρδιστος γένετ' ἀνδρῶν,
Σίσυφος Αἰολίδης· ὃ δ' ἄρα Γλαῦκον τέκεθ' υἱόν, αὐτὰρ
Γλαῦκος τίκτεν ἀμύμονα Βελλεροφόντην·

Confesso che ho frugato nelle tasche di mio marito come una moglie gelosa, e gli ho trovato il biglietto. Confesso che ho copiato le parole del greco e poi gliel'ho rimesso in tasca.

Se l'è portato dietro, quando è andato.

2.

TODARO

Ho avuto qualche gioia fulminante.
Nel buio pesto della disperazione, ogni tanto, un lampo di felicità generato dal senso di armonia con il mio corpo.
Un figlio.
Il miele delle api sulle dita.
A scuola in barca a vela.
Don Voltolina si toglie il cappotto per darlo a chi ha più freddo.
Le tue gambe e la fessura dove ci entro liquido.
Un altro figlio a rimandare la mia morte.
Ma non persequo la felicità, Rinuccia mia, non la pretendo, è un fatto da appagati, un sentimento compiuto, uno stato immobile, faccenda da borghesi. Il greco cieco ha visto il mio destino: la mia vittoria è la battaglia. In questi mesi di riposo ho capito che la mia condizione di mutilato è forzata dalla mollezza della mente ed è indegna per un guerriero. Ho aperto e chiuso la mano mille volte aspettando che la morfina scorresse nelle vene.
Mi sono illuso che il dolore fosse rilevante.
Questo metallo sulla carne mi spezza il respiro ma mi protegge. Questo metallo mi è entrato nella carne e la mia carne si

è fatta metallo diventando più forte. Forse non sono più umano o forse sono entrato in uno stadio nuovo dell'evoluzione dove la carne dell'uomo si impadronisce del metallo facendone il suo prolungamento. Sono forte, adesso. Mi ero mutilato dentro, mi ero ammalato dentro, mi ero indebolito dentro. Il Betti mi ha detto le parole del greco e mi ha cucito l'uniforme:

ἔνθα δὲ Σίσυφος ἔσκεν, ὃ κέρδιστος γένετ' ἀνδρῶν,
Σίσυφος Αἰολίδης· ὃ δ' ἄρα Γλαῦκον τέκεθ' υἱόν, αὐτὰρ
Γλαῦκος τίκτεν ἀμύμονα Βελλεροφόντην·

Per lui è possibile dire ciò che non sa, ciò che non capisce. Lo ha detto con precisione convinta. Poi lo ha trascritto su un pezzo di carta perché potessi consultarlo sempre, questo mio oracolo. Me li sono messi in tasca, il greco e le sue parole.

Ho cullato il bambino. Ho goduto mentre col piano suonavi l'intermezzo di *Cavalleria rusticana*. Memorizzato la tua voce nel gesto del sussurro, il suono della carezza delle dita sui tasti. Bevuto il tuo sudore arrabbiato. Baciato le tue lacrime amare.

Ho ingoiato il dolore senza assaporarlo, considerandolo del tutto irrilevante.

Ho lasciato, Rinuccia mia, che mi facessi il nodo alla cravatta dell'uniforme per protezione, per benedizione.

Ho stretto le mani dei miei uomini e sul calco mnemonico di ognuna di quelle mani ho fatto fare un pugnale.

Sono guarito.

Io me ne frego della sorte avversa, dall'aria aperta del cielo passerò al fondo nero del mare.

È notte qui a La Spezia e il vento fa rotolare le bottiglie già bevute. Il sartiame sbatte. Le carte di giornali letti volano.

Un'infermiera incurabile torna a casa cantando *Un'ora sola ti vorrei*.

Lo so, Rinuccia, lo so. Ti prego...

La Spezia è un parapetto, da un lato sei ancora qui, dall'altro lato sei nel vuoto. Noi carichiamo il *Cappellini* di ricchezza abbondante come tanti faraoni e si divertono i ragazzi a immaginarsi re, quindi non glielo dico che le piramidi piene di ogni cosa sono dei sarcofaghi.

Il plotone è male assortito e sono tutti in fila, adesso. Le divise sono slacciate e le camicie fuori dai pantaloni, ma non mi importa: consegno a ognuno di loro il pugnale forgiato sulla stretta della mano. Sanno di dover andare sott'acqua e non sanno cosa farsene di un'arma bianca ma non hanno voglia di chiedere il motivo di quel dono e ringraziano.

Non si può mai sapere, è lontano il nemico, protetto da strati di acqua e di acciaio, da migliaia di millimetri di artiglieria, da una tecnologia infernale che i nostri poeti possono soltanto immaginare ma è lì da qualche parte, con il cuore che pulsa ancora, esaltato dal coraggio liberale della sua filosofia britannica e pieno di paura come noi.

Qualcuno pensa che i sommergibilisti non combattano veramente.

Minchiata! Grande minchiata! Minchiata massima! Pure noi abbiamo la nostra trincea. Solo che è liquida. E noi l'attraverseremo, osando l'inosabile. Come recita il motto inciso sulla chiglia di questo sommergibile chiamato *Cappellini*. Un buon battello, a cui ho fatto rinforzare la prua con acciaio tagliente perché non sia mai che la guerra moderna ci richieda un qualche sforzo arcaico di speronamento.

Il marinaio elettricista Careddu lo lascio a terra. Il colorito è brutto. "Sono forte," dice. Lo mando dall'Ufficiale Medico.

Siamo pronti ora a osare l'inosabile.

E siamo inermi.

3.

ANNA

Chistu viento, per esempio: io 'o saccio dove li soffia a tutti sti guagliuni che stanno partendo, li soffia a morire. Aggio sentito gli ufficiali medici chillo che dicenn': ne tornerà indietro uno su cinque, di sommergibili, se la guerra è corta, uno su dieci se è lunga. Nisciuno, se è molto lunga. Sti guagliuni sono condannati a morte e ridono, guardali, e cantano e suonano. *Un'ora sola ti vorrei.* È chillo che m'ha ditt' pure Giggino stanotte, un'ora sola ti vorrei, Anna mia, giù nella pancia del *Cappellini*, in fondo al mare; un'ora al giorno, m'ha ditt', e per le altre ventitré fosse 'nu lione. Che poi Giggino è cuciniere e va a morire come una mamma, va a morire mentre dà da mangiare ai compagni suoi. Tengo ancora il suo succo addosso, ma nunn'è 'na porcheria. L'aggio visto e se ne fujre dopo l'ultimo bacio in bocca, perché era tardissimo, con lo zaino pesante e il mandolino appeso, sorridente grazie a me, l'aggio visto scumparì di corsa ancora miezzo svestito e di andare al bagno a lavarmelo via d'addosso nun c'aggio proprio penzato.

M'aggio infilata la divisa, invece, tutta nuda come stavo, col freddo che faceva, senza mutande calze e sottoveste, senza cappotto, senza cuffietta 'n capo, niente, solo la divisa grigia da infermiera sopra la carne ancora bagnata di lui e gli sono andata appresso. Non mi ha vista, era troppo preso da scherzare coi compagni suoi che lo aspettavano e ascoltare il Comandante loro che Giggino dice che è 'nu mago, 'nu stregone. Gli sono andata appresso ma da luntano, mentre schiarava, e il vento faceva volare tutte cose, e dalle camerate uscivano di corsa gli ultimi guagliuni, tutti sciarmati come a Giggino, e si mettevano a cantare pure loro, e pure il comandante mago cantava, pure lui. *Un'ora sola ti vorrei.* Tutti a cantare. Ci stavano pure due guagliune cumm'a mme, due infermiere, Nunzia e Angelina, che avevano fatto sorridere altri due di quei marinai che andavano a morire. Siamo solo noi tre che facciamo sorridere i guagliuni, ca nun resistimm'. Ciao, ciao, ci siamo pure salutate, ma eravamo prese dai nostri pensieri, pure se erano uguali, ci scommetto, ma erano i nostri e ce ne stavamo zitte a pensarli, senza la cuffia, col vento che ci volava i capelli intanto che i pensieri accarezzavano questi guagliuni per l'ultima volta. Questi guagliuni che vanno alla guerra, magri magri, pieni di nervi e di sangue che bolle. Io 'o saccio sì, che non s'avesse a dicere semp' sì, però non resisto. Specialmente da quando sto qui a Spezia, coi marinai non ci riesco proprio 'e dicere no. 'O saccio che mamma mi pensa vittima, 'o saccio che zio Felice mi pensa zoccola, ma loro qui non ci stanno e chill' che pensano loro non m'interess' niente. Io 'o saccio, e loro no, non sanno.

 Io saccio che chist' guagliuni con la pelle liscia e il sorriso incosciente, ca s'avesser' tuffà int''o mare per pescare le perle e invece si imbarcano per fare la guerra, io saccio che nun torneranno. Tengono madri, sorelle, fidanzate, esse avess'r stà ccà a guardarli sparire uno appress' all'altro dint''a pancia 'e chist' pesc''e fierro; esse l'avess'r vedé ridere e scherzare per l'ultima vota: ma esse accà nun ce ponno stà e ce stiamo solo nuje, infermiere zoccole – ca ce stann' pure chelle virtuose, come no, ca nun se lassano manco toccà, ma chelle stanno a durmì – e a nuje ce tocca di accompagnarli, e di chiagnere. Perché non ce sta bisogno di essere degli indovini pa sapé ca nun turnarann', e si turnarann' da sta missione nun turnarrann' da chella appress', e si turnarrann' pure da chella appress' nun turnarranno da chella appress'ancora. Nun ce sta bisogno di essere indovini pe' sapé che alla fine 'e chesta guerra, quando si faranno i conti, scopriremo che i marinai dei sommergibili saranno morti quasi tutti quanti, e ci copriremo la bocca con la mano. Basta avere sentito parlare gli ufficiali medici comm' li ho sentiti io pe' sapé che restarranno per semp' llà abbasc', in fondo al mare, dove ora stanno andando coraggiosi e fieri, e quanta vita si portano addosso, quanto spreco di vita dint"a chella bara 'e metall'. Hanno tutti qualche donna ca li chiagnerà, ma accà loro nun ce stann'. Accà ce stiamo solo nuje, solo nuje li vediamo partire. Solo nuje infermiere zoccole, int"a stu mument', in tutt"o munn', sappiamo quanto è fetente la guerra.

4.

MARCON

LA SPEZIA
28 SETTEMBRE 1940
ORE 7.20

 Tuf-tuf-tuf, partiti.
 Questa bestiaccia lunga 73 metri e larga 7 ha un motore termico da 3000 cavalli per la navigazione di superficie e due motori elettrici da 1300 cavalli l'uno per la navigazione subacquea. Ha due cannoni da 100, due mitragliatrici binate da 13 millimetri e otto tubi lanciasiluri da 533. Dodici siluri di dotazione, 600 proiettili da cannone e 6000 da mitragliera. E la prua d'acciaio rinforzato per volere del nostro Comandante, "perché non si può mai sapere," ha detto, "può essere che la guerra moderna ci richieda un qualche sforzo arcaico di speronamento".
 Rotta 180. Ci lasciamo a dritta la Palmaria, il Tino e il Tinetto, dove in libera uscita andiamo a pescare i polpi con le mani, guidati dal Motorista Stumpo, che è un corallaro e va sott'acqua fino a trenta metri. In realtà i polpi con le mani li pesca lui, noi lo guardiamo. Ci ha insegnato come riconoscere i polpi maschio e i polpi femmina: tu peschi un polpo, e se poi nello stesso posto ne peschi subito un

altro vuole dire che il primo che hai preso era una femmina, e il maschio le è venuto dietro. Se invece non ne peschi più, vuol dire che hai preso un maschio, "e 'a femmena se ne fott'".

Questa bestiaccia si chiama *Cappellini* in onore dell'"ardente e valoroso" Comandante Alfredo Cappellini, che saltò in aria insieme a tutto il suo equipaggio il 20 luglio del 1866 durante la battaglia di Lissa per non aver voluto abbandonare la cannoniera corazzata *Palestro* colpita dal fuoco delle navi austroungariche. L'incendio che divampa, le altre navi italiane che mandano le scialuppe per evacuare la *Palestro* prima che il fuoco raggiunga la santabarbara e il Comandante Cappellini che rifiuta, indomabile, non cede, e continua a lottare contro le fiamme nonostante il grave rischio di perdere la vita finché le fiamme raggiungono la santabarbara e, bum, lui perde la vita. Insieme a lui la perdono anche 231 uomini dell'equipaggio (su 250), ma lu, Alfredo Cappellini, l'è diventà un eroe...

Quattro miglia fuori dal golfo prendiamo rotta 225, stabile. Salvatore entra in cabina. Mi fa cenno di seguirlo. Lo seguo. Prende la busta sigillata con la ceralacca. ORDINE DI OPERAZIONE N. 98, c'è scritto. La apre. Cava il foglio con l'ordine, lo apre, lo legge, lo ripiega e lo rimette dentro, e a me non me lo fa mica vedere. Mi fa stare lì con lui, in cabina, io solo, ma l'ordine di operazione non me lo fa vedere. "È secretato."

Scherzava, ma io non lo so mai quando scherza e quando fa sul serio.

Tutti sanno che siamo amici, Salvatore lo ha detto chiaro a Fraternale e agli altri ufficiali, e lo gà dito in venexiàn, ostrega, par farme omàjo: "Mi e Marcon sémo grandi amissi," el gà dito, "ansi, sémo fradèi."

"Allora," ha aggiunto, in italiano, "nessuno avrà da ridire se parlerò con lui più di quanto un comandante parli di solito con un aiutante di bordo, e anche più di quanto parlerò con voi."

La mia faccia, del resto, mi rende intoccabile. Impossibile essere gelosi di me, con questa faccia. La pelle della mia faccia è una storia, e quando Salvatore la bacia e dice "Io e Marcon, alla guerra contro tutti" diventa la storia della nostra amicizia. Anzi, diventa anche più di questo.

Io e Salvatore siamo diventati amici all'ospedale della Spezia, dopo i nostri incidenti, che però erano due incidenti separati, lui con l'idrovolante, io con l'acetilene: ma tutti ormai credono che ci siamo sfracellati insieme, e noi glielo lasciamo credere.

Sémo fradèi, sì. Però lui è Capitano di corvetta, ed è il Comandante; io sono solo Maresciallo, Capo Nocchiere e Aiutante di bordo, e non so mai capire quando scherza e quando non scherza.

Scherzava, a non farmi leggere l'ordine di operazione. E nel momento in cui mi sono girato per andare via, anche un po' offeso, per la verità, mi ha passato i fogli.

Agguato, c'è scritto, e questo me lo aspettavo. Che altro può fare un sommergibile in guerra se non saltar fuori dall'acqua all'improvviso e attaccare le navi nemiche? *In Atlantico*, c'è scritto, e questo lo temevo. *Gibilterra*. Poteva anche non essere, in teoria, poteva anche essere una missione nel Mediterraneo, o in Mar Rosso, meno pericolosi. Ma un comandante come Salvatore Todaro non viene sprecato dove c'è meno pericolo. Un comandante come Salvatore Todaro viene mandato dove il pericolo è massimo, e passare Gibilterra è il massimo dei pericoli. Gliel'ho detto, per scherzo, che lui invece lo capisce sempre quando scherzo: "Ma propio mi te dovevi ciamàr, par sta misión?"

Poi gli ho detto, sempre in dialetto, che a lu ghe piaze sentirme parlar in venexiàn, che xé come pasar fra Marco e Todaro, sicuro che conoscesse questo modo di dire dei veneziani. E invece lui che sa tutto, di questo modo di dire non sapeva. Non sapeva dei due fusti di marmo sormontati dalle statue dei due patroni di Venezia all'ingresso di piazza San Marco. Non sapeva che era tra quei due fusti che si eseguivano le condanne a morte al tempo dei Dogi, e driomàn, che 'l pasajo, no ghe piaze ai venexiani. Nol savéva gnanca che san Todaro, che 'l se ciama come lu, ièra el patron de Venexia prima de san Marco. Nol savéva gnénte.

Mi ha imbarazzato vederlo così ignaro, lui che ai miei occhi sa tutto, è stato come vederlo nudo. "Mi su un ciosòto," el gà dito, "mi su de Sotomarina."

Poi però ha ripreso subito il controllo, e ha girato il discorso sulle cose che io non so e lui sì, perché è il Comandante. Mi ha raccontato che il *Cappellini* è già stato a Gibilterra col Comandante Masi, che non è riuscito a passare ma che prima di tornare indietro è rimasto dieci giorni a Ceuta, protetto dalla finta neutralità degli spagnoli, a studiare da un'altura dietro al porto il sistema di difesa dello Stretto utilizzato dagli inglesi. Mi ha informato che un buco per passare c'è e me lo ha fatto vedere sulla carta nautica. Dabòn, el xé un po' un co'o de botilia, ma 'l ghe xé.

Mi ha fatto la lista dei sommergibili che nell'ultimo mese sono riusciti a passarci: il *Malaspina*, il *Barbarigo*, il *Dandolo*, il *Marconi*, il *Finzi*, il *Bagnolini*, fino al *Leonardo da Vinci*, due giorni fa, col Comandante Calfa. Sette.

"E niàltri," el gà dito, "cossa xé che sémo, i sòiti mona che no ì ghéa fà?"

E questo è il bello di Salvatore Todaro. Ti senti sicuro, con lui, quando lui è sicuro.

"Col batèlo più moderno de l'Armada," ha aggiunto, "afidà al megio Ajutante de bordo dea Regia Marina Italiana, sémo dei mona?"

ORE 9.35

Immersione.

5.

SCHIASSI

E qui si potrebbe impazzire tutti, senza la guerra. Fosse solo navigazione, impazziremmo tutti. Tutto il giorno appiccicati gli uni agli altri, con gli odori che si mescolano a quello del lubrificante e del gasolio, tutto il giorno concentrati ad ascoltare, immaginare, prevedere, e i pensieri belli non vengono nemmeno più in testa. Chiusi in questa malaria giorno e notte, in superficie come in immersione, con poca acqua per lavarsi e solo roba in scatola da mangiare, sempre a tener d'occhio qualche apparecchio, qualche lancetta, senza nemmeno più la voglia di giocare a carte o di fumare, perché il sonno ci abbrutisce. Ho visto marinai dormire in piedi. È la navigazione a toglierti la voglia di vivere, nei sommergibili, è questa che andrebbe raccontata e non gli attacchi, il lancio dei siluri o il fischio dell'immersione rapida mentre le bombe scoppiano a pochi metri: quelli sono i momenti belli, quando rischi la vita, perché c'è la vita. È quando non c'è altro che puzza e movimento, e sacrificio, e vuoto, cioè nella maggior parte dei momenti, è allora che si rischia d'impazzire.

Fortuna che in attesa della guerra un'altra dolcezza c'è. E io che sono il Marconista, e per dodici ore al giorno i miei strumenti sono muti perché si viaggia sott'acqua, e allora devo ascoltare l'idrofono insieme a Minniti, dove ogni rumore è una domanda ("Cos'è stato, questo? E questo? E quest'altro?"), e per trovare la risposta l'esperienza aiuta più dell'udito, e la fantasia più dell'esperienza, e la paranoia più della fantasia, io, il Marconista, sono quello che questa dolcezza la distribuisce. Aquí Radio Andorra, dice la voce calda e affettuosa della ragazza che ognuno di noi sogna diversa. Aquí Radio Andorra: l'unica radio in tutto il mondo che durante la guerra non parla di guerra, e manda solo canzoni d'amore, tutto il giorno, tutta la notte, canzoni americane, francesi, spagnole, cantate solo da donne. Pare abbia un'antenna alta cento metri, lassù in quel posto che nessuno sa dov'è, pare che mandi il segnale più potente d'Europa, che nessun governo può oscurare perché Andorra è uno Stato, uno Stato libero, e con la sua radio raggiunge tutte le genti in terra e anche tutte le navi in mare. Così l'ascoltiamo tutti, noi e i nostri nemici, tutti. Noi l'ascoltiamo di notte, ogni notte, quando navighiamo in superficie per ricaricare aria e batterie: tutta la nave l'ascolta, tutta la notte, dagli altoparlanti, e quelle voci di donna sono la voce delle nostre donne. Aquí Radio Andorra, è la mano fresca dell'infermiera sulla fronte, è la promessa che guariremo presto sussurrata nell'orecchio da nostra madre. Aquí Radio Andorra, e tutta la nave canta insieme a quelle voci che parlano d'amore, e quelle voci sono quella di nostra sorella che si china su di noi per consolarci dall'abbrutimento, lì dove ci troviamo, in camera di manovra, nelle cale dei motori, nei locali di lancio, nella falsa torre, sulle amache tese tra le paratie degli ultimi scompartimenti, i teli tricheco, dove qualcuno si è schiantato a riposare. Aquí Radio Andorra, e anche gli ufficiali chiudono gli occhi, anche il nostro Comandante che gli occhi non li chiude mai, nemmeno quando dorme. E però quando è il suo turno di chiudersi in cabina tutti sono d'accordo con me ad abbassare il volume degli altoparlanti, che forse un'ora la dorme pure lui, e tutta quella dolcezza nelle orecchie potrebbe disturbarlo. Si dicono tante cose di lui, che era a bordo del *Malaspina* quando ha affondato la *British Fame*, che è un mago, un fachiro, un ipnotizzatore, che non dorme mai: ma proprio chi le dice, dice anche che non sa se sono vere, perciò meglio non rischiare di disturbarlo, meglio abbassare la musica, ché è lui che ci sta guidando in guerra. La guerra che non vediamo l'ora di combattere, perché così, in guerra senza la guerra, ci sentiamo persi in mezzo al mare, e Radio Andorra non basta a farci ritrovare.

6.

GIGGINO

Il primo giorno, appena partiti, il Comandante viene in cambusa e mi chiede se sono cuoco professionista. 'Gnorsì, gli dico. Mi chiede se aggio viaggiato. 'Gnorsì. Mi chiede se conosco i nomi delle pietanze veneziane, quelle tipiche. 'Gnorsì. Nòminale, mi dice. Il fegato alla veneziana, dico. E poi? Avanti, nomina tutte quelle che sai cucinare. Il baccalà mantecato, dico. Le sarde in saor. I bigoli con le acciughe. La granseola bollita. Il brodetto. I risi e bisi. Dico i nomi e lui chiude gli occhi e quando chiude gli occhi il Comandante sembra che tutto il mondo si riposa. L'anatra ripiena. La castradina. La polenta colle schie. La frittura di moeche. Poi bell'e buono riapre gli occhi, e quando li tiene aperti fa soggezione. Mi interrompe e mi dice che la roba buona che abbiamo caricato non 'a pozz' ancora toccà: devo cucinare solo pasta senza sughi e scatolame. Non mi dice perché, è un ordine. E mi dice che mentre preparo da mangiare devo nominare tutte le leccornie che so cucinare, di tutt'Italia, come ho appena nominato quelle veneziane. Le conosco le specialità di tutt'Italia?, mi chiede. 'Gnorsì, gli dico. E allora a voce alta devo nominarle, tutte quelle che so, senza smettere mai. Come 'nu rosario, m'ha ditt'. Come 'na preghiera. È un altro ordine, però stavolta il perché 'o capisce buono.

Il brodo di verdure, il brodo di pollo, il brodo di gallina, il brodo di cappone, il brodo di carne, il lesso, il lesso rifatto alla francesina, il picchiapò, la trippa legata con le uova, il fegato di vitella alla militare, il castrato alla finanziera, le animelle alla bottiglia, la coratella, la zampa al burro, la lingua in salmì, lo sformato di semolino, lo sformato di riso e rigaglie, la teglia di riso patate e cozze, il sartù di riso, i pomodori al riso, gli arancini di riso, i supplì, la pasta imbottita, le quenelles, ossia le polpette di vitella e rognone inventate da un cuoco francese che aveva il padrone sdentato, il polpettone, il polpettone di baccalà, le uova sode alla cilentana, le uova farcite, le braciole ripiene, il coniglio in umido, lo stufato di lepre, la faraona ripiena, il piccione ripieno, il timballo di piccione, la fricassea di pollo, il pollo al marsala, alla contadina, in salsa d'uovo, il pollo disossato, lo stracotto, il peposo, il paciugo, la cassoeula, il fricandò, i sanguinacci, 'a polenta cu 'e salsicce, la frittata di maccheroni, la frittata di scammaro, le frittate in tutti i modi, la peperonata, la parmigiana di melanzane, le melanzane in tutti i modi, le frittelle di pane, di mele, di riso, di polenta, gli spaghetti colle vongole, colle cozze, coi naselli, colle acciughe, colle seppie, all'insalata, le pappardelle colla lepre, gli gnocchi di patate, gli gnocchi di polenta, gli gnocchi di semolino, le zite alla Sangiovanniello, i cavatelli col puleggio, i fusilli con veluozzi, la tirata di maccheroni al pomodoro, il pasticcio di maccheroni, i maccheroni stufati, i maccheroni al ragù, alla siciliana, alla bolognese, alla francese, ossia col groviera, i maccheroni in tutti i modi, il risotto ai ranocchi, alle cozze, alle telline, ai funghi, ai piselli, alla milanese, le tagliatelle al ragù di prosciutto, la pasta e fagioli, la pasta e ceci, la pasta e patate, la pasta e patate colla provola...

Tutti passano davanti alla cucina, prima o poi, e mi sento ripetere questa litania. Tutti sanno che preparo sempre le stesse cose: l'amatriciana senza pomodoro che si chiama "gricia", quando va bene, e quando va male pure senza la pancetta e non tiene più nome. La pasta aglio e uoglio. La carne in scatola, che quella non finisce mai. Le gallette. Tutti sanno che non proveranno gusto a mangiare, e pure il Comandante e tutti gli ufficiali si accontentano di quel vitto senza sapore. Però, siccome di pietanze ne conosco tantissime, si mettono là e mi sentono mentre le nomino, a voce alta comm' m'ha ditt' 'o Comandante. Così gli ritorna la voglia, perché con quell'eterna roba in scatola la voglia passa, alla fine nessuno ha più fame e si mangia solo per dovere.

... la 'mpepata di cozze, il cacciucco, la zuppa di pesce, la zuppa col brodo di muggine, la zuppa di pane d'uovo, la zuppa regina, la zuppa spagnuola, la zuppa ripiena, la zuppa di lenticchie, la zuppa di ranocchi, la zuppa di lumache, la zuppa di cardi, la zuppa di soffritto, il pancotto, la farinata, la pappa col pomodoro, la ribollita col cavolo nero, il minestrone in tutti i modi, il cuscussù all'israelita, la minestra di latte, la minestra dei millefanti, la minestra maritata, la minestra di cicoria e scarolelle, la minestra di ricotta, di semolino, di pangrattato, la bagna cauda, il rifreddo di vitello, il vitel tonné, il cappone in vescica, le zucchine alla scapece, le zucchine ripiene, le fave e cicoria, i friarielli, i fagiolini colla balsamella, i fagioli lessi, i fagioli all'uccelletto, i cardoni al forno, le cipolline in agrodolce, i sedani ripieni, i carciofi a fungitiello, i funghi al sugo, i funghi sott'olio, i funghi in tutti i modi, le patate in tutti i modi, gli spinaci, gli spàragi, i rapini, i broccoletti, le verze, l'insalata russa, il pesce col pangrattato, il pesce in umido, il merluzzo alla palermitana, il palombo fritto, le sogliole col vino, le triglie col prosciutto, alla marinara, in gratella, alla livornese, il tonno in tutti i modi, le alici marinate, le alici fritte, le alici areganate, le sarde ripiene, il polpo e patate all'insalata, i polpetielli alla Luciana, la murena alla caprese, l'anguilla in umido, l'anguilla in tutti i modi, il capitone arrosto, la pezzogna all'acqua pazza, il mussillo di baccalà, il cureniello di stocco, lo stocco in bianco con le olive, il pesce finto, il roastbeef all'inglese, il manzo alla genovese, la pizzaiola di bufalo all'ebolitana, il coniglio all'ischitana, i rognoni alla parigina, l'arista alla fiorentina, i fegatelli di maiale nella rete alla toscana, la pignata di cavolo, gli scagliuozzoli...

Aggio chiesto all'Aiutante di bordo, Marcon, che col Comandante è amico perché si sono rovinati insieme. Perché, aggio chiesto, in dispensa teniamo patate, zucchine, formaggio, insaccati, polenta, pasta sfoglia e pasta frolla e nun li puozz' toccà? Immagina, mi ha risposto l'Aiutante di bordo, che saperle, le cose, non è roba per un caporal maggiore cumm'a mme. E io aggio immaginato. Perché dovremo navigare in Atlantico, aggio ditt', dove è molto peggio di questa ammuina, e ci teniamo le cose buone per quando saremo là. L'Aiutante non ha mosso un muscolo, con quella faccia masticata che tiene. E poi? E io aggio immaginato ancora. E poi perché per navigare in Atlantico dovremo passare Gibilterra, aggio ditt', e per riuscire a passare Gibilterra dovremo pensare che tutte le cose belle della vita si trovano di là. Anna mia, che ci siamo appena fidanzati: di là. Le nostre madri, i soldi, le belle giornate: di là. E pure il mangiare buono, gli gnocchi col sugo, la polenta fritta: ci aspetta tutto di là, aggio ditt'. È per questo? L'Aiutante non ha mosso un muscolo, con quella faccia masticata che tiene.

... la pizza fritta, la pizza in tutti i modi, le focacce in tutti i modi, le ciambelle, le donzelle, le crescentine, le castagnole, i babà al rhum, le sfogliatelle, gli struffoli, le zeppole, gli scauratielli, i bignè, i bignè di San Giuseppe, le cartellate col miele oppure col mosto, i krapfen, lo strudel, i roccocò, i biscotti in tutti i modi, la pastiera, la cassata siciliana, la cassatina di Pozzuoli, la pinolata, la zuppa inglese, la meringata, le chiacchiere, il pandispagna, le ciambelle, la cotognata, gli amaretti, il marzapane, le lingue di gatto, il ciambellone, la torta mantovana, la torta ricciolina, la torta dei sette vasetti, la torta di noci, di riso, di ricotta, la torta di zucca, il casatiello e il tòrtano, la torta caprese, la torta milanese, la torta di mandorle e cioccolata, il Monte Bianco, i budini in tutti i modi, il pudding, il plum-cake, la bavarese, lo zuccotto, i fichi freschi al forno, la crema montata, il latte in piedi o alla portoghese, il latte brulé, il vino brulé, la zuppa di visciole, la composta di visciole, di albicocche, di pere, di mele cotogne, la conserva di fichi secchi, le gelatine, lo zabaglione, la cioccolata calda, le pesche sciroppate, le pesche nel vino, le pesche in ghiaccio, le ciliegie cotte, le mele cotte, le pere cotte, le mandorle tostate...

    Al Comandante porto ogni giorno cinque cipolline stufate nel brandy. Cinque di numero, però tutti i giorni, a lui soltanto. All'inizio rifiutava ma io ho insistito: Comandante, l'aggio ditt', vedete che siete un uomo pure voi, e queste ve le porto per ricordarvelo, perché so che vi piacciono tanto. E adesso lui le accetta e si arricrèa. Le aspetta, mi ha ditt', addirittura, come si aspetta la visita di una signora. Come noi tutti aspettiamo a Gibilterra.

7.

MARCON

2 OTTOBRE 1940
ORE 23.00

Il *Cappellini* taglia le onde col suo scafo irrilevante. Intorno, un buio caliginoso. Ho navigato molto nel Mar Rosso e nel Mar Rosso le notti sono chiare, anche quelle senza luna, c'è sempre una visibilità fastidiosa, l'acqua è luminosa intorno al fuso dello scafo, quasi fosforescente, così da segnalarlo anche da lontano. È pericoloso. In oceano invece la notte è scura come crine, e il nero ci abbrutisce e ci protegge.

In torretta, Todaro scruta questo buio con il binocolo. Accanto a lui, Stiepovich. Sta nascendo un'amicizia, tra loro. Stiepovich è il più giovane degli ufficiali di bordo. Triestino, gran barba fulva come il mantello di Pudò, il musso di mio cognato. Occhi profondi, naso nobile, ha le mani delicate e i modi raffinati, ma parla spesso in dialetto, tanto nel suo quanto in quello veneziano: credo che sia una specie di studioso dei dialetti, e questo piace molto a Todaro. A volte, sopra il tuf-tuf dei motori, che quando non ci fai più caso vale come il silenzio, si mettono a recitare – non a cantare, a recitare vecchie canzoni in dialetto, come fossero preghiere:

> *L'arte del mariner: morir in mar*
> *e l'arte del mercante xé 'l falir,*
> *l'arte del zogador xé 'l biastemar*
> *l'arte del ladro su forca morir*

A volte quelle canzoni le conosco anch'io, come stanotte, e allora le recito con loro. Ma loro ne sanno molte più di me, certe veramente mai sentite, anche difficili da capire. Chiedo: "E questa? Che cansón xéa?"

"Noa xé 'na cansón," me dize Stiepovich, "ea xé 'na poesia."
Poesie. In dialetto. Lui e Todaro le sanno a memoria, io no. Paràltro mi son più bòn coe man che coea léngua.

C'è sempre qualcosa che non funziona, nel battello, qualcosa da aggiustare. L'idrofono è pieno di disturbi e Minniti, l'Idrofonista, vecio quasi quanto mi, me ciama sempre a ripararlo, perché io so dove mettere le mani. Vabè, il lavoro fatto alla mattina va rifatto al pomeriggio, e poi anche la mattina dopo: ma Minniti mi ringrazia sempre, perché dopo ogni volta infila la cuffia e il fruscio è sparito.

3 OTTOBRE 1940
ORE 6.00

Eccola, Gibilterra.
A proda xé nòte, a pupa xé l'alba.
Si vede già la lunga fila delle navi che hanno il permesso di attraversare lo stretto. Le cacciatorpediniere inglesi, nere sagome in distanza, saranno almeno dieci, forse di più. Il cielo è appestato dai caccia della RAF che ronzano come mosconi. Todaro guarda col binocolo dalla torretta. Guarda anche Stiepovich. Guardo anch'io. Sotto di noi, sul ponte, c'è l'Ufficiale in seconda,

Fraternale: "Abbiamo venti metri di spazio a settanta metri di profondità," dice.

Todaro gli ordina di andare avanti in superficie per altri mille metri, poi di immergersi e scendere a ottanta, non a settanta. "Per farcele scoppiare sopra la testa," dice, quando Fraternale non lo sente più. Non le nomina nemmeno, le bombe di profondità, ma è di questo che si sta parlando: l'inferno che dovremo attraversare. Fraternale è sparito nella garitta.

Questa lotteria in cui tu scegli il numero e questo numero deve essere diverso da quello che scelgono gli inglesi, parché se el xé compagno ti xé morto.

Todaro ha scelto l'80. Lui non sbaglia, lo sanno tutti, lui non sceglie mai il numero sbagliato. Le navi inglesi vomitano bombe di profondità a getto continuo, ma il *Cappellini* è ancora lontano, invisibile, e fila verso quelle esplosioni marine come per attirarle a sé. Scendiamo nella pancia del battello anche noi, prima io, poi Stiepovich, lui sempre per ultimo. Poi, di colpo, il fischio dell'immersione rapida e in meno d'un minuto la nave è sott'acqua: resta fuori per un momento solo l'occhio paranoico del periscopio, poi anche quello si annebbia e per sapere cosa succede in superficie si resta appesi all'orecchio di Minniti e al mio lavoro di riparatore.

Un silenzio pesante ci inghiotte, ora che i motori a nafta sono spenti e vanno solo quelli elettrici. Inghiotte anche le esplosioni marine, che pure continuano. Vibrano le pareti, ondeggia il pavimento sotto ai piedi, la nave s'inclina a muso in giù. Accorrono ai posti di manovra gli uomini che erano di riposo: svegliati di soprassalto, hanno le facce ancora gonfie di sonno e già smarrite, spaventate. Una domanda lampeggia in quelle facce: morirò? Morirò? Morirò?

Appena raggiunta la quota di settantacinque metri una bomba scoppia fragorosamente sopra la nostra testa. Il battello si scuote, si appoppa, sprofonda. Vedo marinai sbattere contro le paratie, scivolare all'indietro, ferirsi. Alcuni mi sfrecciano davanti come i ciclisti del Giro d'Italia quando sono andato a vedere l'arrivo, l'anno scorso, a Mestre: Chiappini, Di Paco, Rimoldi. E qui Siragusa, Trapè, Monteleone, che scivolano in picchiata e si fermano a schianto contro la paratia. Il Sottocapo Nocchiere Bono si aggrappa a me, che sono aggrappato a Dalicani, che è aggrappato al timone. La stretta di Bono sul braccio mi fa male. Mi chiede se ci hanno colpito. Gli rispondo di no, è l'onda d'urto. Todaro è alla plancia, solido, calmo. Non sembra aggrappato anche lui, con una presa d'acciaio sulla paratia, come invesse xé. Non sembra che il suo battello stia affondando, come invesse xé. "Va bene così," dice e ripete, con voce ferma. "È esplosa sopra al battello, e ci sta spingendo sul fondo." Che equivale a dire che se il Comandante fosse stato Fraternale eravamo belli che morti. Poi ordina a Dalicani di stabilizzare, stabilizzare, stabilizzare, ma il battello resta inclinato, i manometri non lasciano scampo, e scendiamo, scendiamo, scendiamo.

Stiepovich fa il primo elenco dei danni: l'impianto elettrico è stato danneggiato, l'anidride carbonica sta salendo. Cecchini prende le maschere, comincia a distribuirle. Incrocio il suo sguardo fugace: morirò? Quello di Todaro gli risponde: no, non morirai.

"Dai aria!" ordina, e Pace, l'Ufficiale di rotta, ribatte: "Aria!"

I motoristi eseguono, ma il battello non risale. Todaro si fa dare le cuffie da Minniti e si mette ad ascoltare l'idrofono.

"Timoni a salire!" Pace ribatte l'ordine, Dalicani esegue, non sembrano ordini disperati, come invesse xé.

Il manometro segna 100 metri.

Todaro ordina altra aria all'emersione, Pace ribatte, i macchinisti aumentano la pressione: niente. Mancini aumenta la potenza dei motori fino al massimo. Il manometro che dovrebbe mostrare la lancetta sulla scritta SALIRE è bloccato su SCENDERE.

Dalicani non riesce più a manovrare. "Timone bloccato," dice. Incrocio i suoi occhi: morirò? Quelli di Todaro continuano a rispondere: no.

Stumpo, il Motorista-corallaro, parla con un filo di voce. Quando usa il suo dialetto non si capisce quasi, ma ora è chiaro: "Aria da espellere quasi finita." Lo dice senza paura, lui quella domanda negli occhi non ce l'ha: dà l'informazione, come fosse finita la carta igienica.

Todaro fa cenno di fermarsi, a tutti, e tutti si bloccano, ammutoliscono. Il battello va giù. Il profondimetro finisce fuori scala. Siamo ben oltre la quota per cui il battello è stato omologato. Il terrore si scolpisce sui volti dei sommergibilisti, tranne che in quelli di Todaro e di Stiepovich.

"L'arte del mariner: morir in mar." Io non ho paura di morire, so zà morto chea vòlta, éo gò scrito sul mùso.

Anche Todaro è già morto, e il busto di ferro che si porta addosso è la sua bara. Il battello va giù. Sbatte sul fondo. Si ferma.

Siamo immobili sul fondo, a una profondità che farà saltare i bulloni uno per uno. Abbiamo smesso di lottare. Come faremo a passare lo stretto? Eppure in tanti sono passati: e niàltri cossa xé che sémo, i sòiti mona che no ì ghéa fà?

O mariner o zoventù del mare

Stiepovich xé un toso, ma anca lu el gà da èser zà morto, parché paura de crepàr no ghe n'à.

8.

TODARO

Fondo marino.
La luce a bordo rabbuiata, scassati i globi e i manometri, scardinati gli stipetti dei quadrati ufficiali e sottufficiali con una valanga di piatti di bicchieri di cocci, spaccati i contagiri. Si accende una luce fioca. Rossa. Le batterie fanno fumo, è acido solforico. Mettetevi le maschere, tutti. Il generatore di carico saltato. Fusibili da sostituire.
Duecentottanta metri di profondità.
Per un tempo incalcolabile persino nel ricordo di chi sopravvive, nero.
L'ossigeno scarseggia e le parole sono lente, le frasi brevi, eterne. I gesti allucinati. I movimenti più complessi si dissolvono in anacoluti. Mancini resta con la mano rattrappita in un principio di paresi. La massaggio. Accarezzo i bulloni che brontolano e poi saltano, spinti da una forza immobile. Uno di essi centra la fronte di Leandri che bestemmia. L'acqua è dentro. In questo magma di stordimento e di paura bisogna fare in fretta. Gli sguardi appannati dalle maschere non mi domandano più niente. I corpi si addormentano senza dire buonanotte, mamma.
Il nero mi picchia nella testa come quella notte vicino al mare, in pace, quando ancora non avevo il busto e c'eri solo tu.

Stai ferma, Rina, che ti amo e ti guido anche se non sono più bravo ma soltanto più allenato. E poi chiusi gli occhi.

Fusibili sostituiti dalla mano di Mancini ancora mobile.

Ora sputate fuori come se vomitaste tutta l'aria rimasta. Tutta. Tutta senza risparmiare perché se non è il nostro ultimo respiro noi non ci salviamo. Stumpo muove la macchina come lo facesse coi polmoni.

Distacco dal fondo, come in un miraggio.

Rumore di motori e paratie che scricchiolano. L'ululato animale del fondo marino.

Timoni a salire. Avanti adagio. Si sale. Si sale. Si sale. Si sale.

Cento metri di profondità.

Salvi.

A chi a casa si lamenta del burro scadente sei autorizzata ad ammaccargli un occhio perché merita un'esistenza scadente. Qui, questi ragazzi hanno in corpo più terrore che sangue ma non si lamentano, trasformano la debolezza in forza devastante e adesso, tesi come sono nell'attesa di qualcosa, potrebbero forare lo scafo di un cacciatorpediniere con un'unghia. Sono pronti. E inermi.

Quando torno, Rina, vorrei dormire, ma prima, prima di dormire, facciamo l'amore?

Nel silenzio, indistinto rumore di ferrame.

9.

STUMPO

Fierr' e fierr' ca se grattano nunn'è buono. Aggio cacciato tutta l'aria che sta varca teneva dint' e ce simm' levati 'a copp''o funno. Ma chistu fatto ccà nunn' è pe' niente buono. Je già 'o saccio ca ccà ddint' nisciune sape. I pasturi sardagnuoli ca dice ca se chiavano 'e pecore, i magliari napulitani, tutt' sti guagliuni che firmano cu X, nun sanno. Ma manco 'e professuri c'hanno studiato, ca se sapeno esprimere italianamente che dicono "sembra la corda di un violino!" Nisciuno. Nisciuno sape.

Cavi di mine. Ha ditt' 'o Comandante. Chill' sape tutt' cos'. E mo stamm' 'nata vota intalliati, comm'a tanti equilibristi 'ncopp''a 'na fune appesa. Nun ce putimmo movere. Stamm' 'nata vota punt' e a capo. Chi se mett''a paura. Chi se vulesse dà cu 'a capa dint''o muro. Chi suda. Chi se puzza 'e friddo. Je me guardo 'o Comandante dint' all'uocchi. Pecché Becienzo Stumpo 'o corallaro nun se mett' scuorno di niente e de nisciuno. Nun me mett' scuorno d''o Comandante che tene 'a morte pe' compagna. Je 'o saccio. E je nun me mett' scuorno d''a morte. Pure a me m'è cumpagna. Da quando patemo murett' sott''o mare cu 'o mazzett' d'e curall dint''e mmane. A chillu tiempo 'i piscature se pensavano che 'o corallo era 'na pianta, mo 'o sapeno tutt' quant' ca nunn'è 'na pianta, ma io già 'o ssapevo perché 'o vvedevo ca chill' nunn'era 'na pianta, era n'animale.

E comunque pe' nunn'a purtà a luongo, nuje stu cavo che tene 'e mine attaccate l'avimma pe' forza a taglià. Se no zumpamm' tutti quant' in aria.

Ecco qua. 'O Comandante vò ascì. A cento metri di profondità. E si s'arricetta? Che succede, addó jamm'a fernì? Je 'o rispetto, pe' carità, ma nunn'è cosa.

Pure Marcon, 'o meglio amico suo, se n'addona che nunn'è cosa. Vuole andare lui. Ma addó vai, Marcon, tutt' cos t'e fatt 'e bagni dint''a laguna, forse pe' scagno 'na vota hai visto 'na granseola e t'e mis''a paura, l'e scagnata p''a fess''e mammeta. Nunn'è cosa, Marcon, statte quieto. Prepara 'o respiratore senza bolle, a cento metri ci va Becienzo Stumpo 'o curallaro d''a Torre 'o Grieco. Levate annanz', famm' passà che m'aggia preparà i polmoni. Datemi a' tronchese e stateve zitt'. Che m'aggia concentrà.

Sò pronto. Allaga sta garitta.

10.

TODARO

Stumpo è là fuori. Noi origliamo, non possiamo fare altro. E cosa vuoi sentire nel silenzio. L'orecchio dell'idrofono è un abbraccio. Un dito nel culo della forza incontrastabile della massa acquatica.

Stridere rarefatto e flebile. La tronchese non tronca, si frustra. Ci riesce, ci riesce. Vedrai che ci riesce.

Accendete i motori, tenetevi pronti.

11.

STUMPO

Quanta gente sott'a chest'Oceano. 'Nu burdell'. Chieno chieno 'e femmene meduse. Cocch' squalo in agguato che non vedo, 'o planctòn e 'a sfaccim' d'o mare. Quanta piccirilli, comm' so' bellill'...

Stong tutt'arravugliato e sta tronchese non tronca nemmanc''o cazz'. Maronna mia vergine e madre, Stella Maris, affilami sta lama ca nun taglia. Santu Becienzo Romano protettore d'e curallar', m'hai dato 'o nomme, mo damme 'a forza. Gesù, Gesù non chiagnere cchiù ca nun ce sta niente a chiagnere mo, mo ce sta sulo da muzzà. Padreterno, Padreterno! E che sanghe 'e Padreterno! Nunn' esiste. Cu 'e mmane, cu l'ogne, cu 'e dient', cu a' rraggia, cu qualunque cosa je stu cavo l'aggi'a sfibrà.

Quanta culuri. L'aggi'a dicere, è bello ccà ssott'. Overamente è bell'. Putess' pure approfittà, stong je sulo, vuless' fà cocch' cosa nun sacc' manc' je cosa.

Teng' vint' anni e me vuless' marità
di 'na bella sirena me putess' annammurà
je tutt'e nott' 'a veness'a truvà
ma si nasce 'nu figlio comme se faciarrà?

Sto murenno. E vafancul 'a morte. Add'a aspettà. Aspietta, t'aggio ditto, 'nu minuto. 'Nu minuto e po vengo. Pecché si mor' mo, c'agg' campat'a ffà?

Papà, tu che ce fai a parte e' 'ccà?

S'è tagliato! Maronna mia, ti ringrazio.

A varca sta libera mo, se ne va toma toma in superficie.

Je me stong 'n'atu poco ccà. Ce stann''e meduse, i piccirilli... mo forse arriva pure 'na sirena. Jate vuje, jate.

Tant' je sò muort'. Che me ne fott'.

12.

MULARGIA

"L'aria pulita puzza."

È così che diciamo noi sommergibilisti quando diamo il primo respiro all'aperto dopo giorni di immersione. "L'aria pulita puzza." E non è solo una frase di buon augurio che pronunciamo per scaramanzia (lo è). E non è solo una battuta per consolarsi di avere passato tutto quel tempo tappati dentro a respirare morchia e puzza di sudore (è anche questo). C'è qualcosa di vero. C'è qualcosa che puzza, nell'aria pulita. Qualcosa che è proprio la pulizia dell'aria pulita a smascherare. Qualcosa che è proprio il tempo passato sott'acqua a permetterti di percepire. L'aria pulita puzza.

Di cosa, è difficile dirlo. In realtà non puzza sempre allo stesso modo. Ogni luogo aperto contiene una puzza diversa, a seconda della posizione, dell'ora (di solito, di notte puzza di più), delle condizioni atmosferiche, del fatto che ci sia la terra vicino oppure no, dell'umidità. Ma insomma, così come c'è sempre un filo di aria pura in quella viziata che si respira in immersione, c'è sempre una puzza sciolta nell'aria pulita con cui ci riempiamo i polmoni quando il battello emerge e noi usciamo a respirarla. I sommergibilisti lo sentono. È una delle prime cose che ti dicono, al corso. L'aria pulita puzza.

Oggi ho respirato per la prima volta l'aria dell'Oceano. Abbiamo passato Gibilterra con molta pena, abbiamo perso Stumpo, il corallaro, e l'emersione è stata un lutto, ma anche un sollievo. Siamo usciti tutti, a turno, ed è stato come rinascere. In oceano non c'ero mai stato, mi sono specializzato Cannoniere sui vecchi cacciatorpediniere della classe Turbine, quelli con i nomi dei venti: Borea, Aquilone, Ostro, Zeffiro, che non uscivano dal Mediterraneo. E comunque l'aria che respiri sul ponte di una nave di superficie, anche se magari stai chiuso dentro tutto il giorno pure lì, è diversa. Nessuno ti dice che puzza, perché non puzza. E nemmeno è pulita. È sporcata dalla vita normale, dalle comunicazioni radio che ci sono, da tutti quei cannoni, da tutte quelle mitraglie, tutta quella gente che va e viene. Sul ponte di certi incrociatori dove sono stato c'è un campo di pallavolo. Come può essere pulita l'aria, lì sopra, anche in mare aperto? Come può puzzare?

Di cosa puzza, l'aria pulita dell'oceano? Non lo so ancora, perché non ho fatto in tempo a sentirla, la puzza. Prima tutti fuori a fumare, e allora l'aria sapeva di sigaro, di trinciato, di Milit, di Alfa, di Macedonia. Poi, la cosa bella che mi è successa: e non ho fatto in tempo a sentire l'aria pulita dell'Atlantico, con la sua puzza.

La cosa bella che mi è successa è stata fare conoscenza personale col Comandante. Sono uscito tra i primi, insieme agli ufficiali, per andare a controllare se in quel mezzo affondamento che avevamo subito i cannoni si erano danneggiati. Ero lì fuori, al cannone, e all'improvviso il Comandante è comparso vicino a me. Non è arrivato, è proprio comparso.

"Danni?" mi ha chiesto.

"Nossignore," ho risposto.

Ha annuito, in silenzio. Aveva i pantaloni corti ed era scalzo. Il cielo era grigio sopra di noi, appeso.

Lui ha tirato fuori il pacchetto e si è messo a fumare, senza curarsi più di me, ma anche senza allontanarsi. Era giorno, e normalmente di giorno si sta sotto, si emerge di notte. Ma avevamo dei danni elettrici e per ripararli dovevamo navigare in superficie. Per questo accendersi la sigaretta, così, alla luce, non era pericoloso. Ma glielo avevo visto fare anche di notte, prima di uscire in Atlantico, a lui come agli altri: l'Aiutante di bordo amico suo, gli altri ufficiali, fumiamo tutti, qui. Ma fumare di notte è pericoloso: possono vederti da molto lontano, per un tizzone di sigaretta. Loro lo schermano con la mano e abbassano la testa quando tirano, per cercare di nascondere il rosso, ma quel rosso non lo puoi nascondere. È una cosa viva, si vede da lontano. Perciò mi sono fatto coraggio.

"Comandante, posso farvi vedere una cosa?" gli ho chiesto.

"Certo." Allora mi son cavato di tasca il mezzo toscano che mi era rimasto, l'ho acceso con l'accendino militare, così, con la fiamma, senza tirare. Per proteggermi dal vento mi sono nascosto dietro l'Aiutante di bordo, che nel frattempo ci aveva raggiunti, a fumare pure lui, con quella faccia sfracellata che ha. Il sigaro si è acceso, io me lo sono messo in bocca col tizzone rivolto verso l'interno, ho chiuso la bocca e ho cominciato a fumarlo a fogu aintru, come diciamo noi. Il rosso non si vedeva più, e nemmeno il sigaro si vedeva più, era tutto nascosto dentro la bocca mia. Ho dato due belle boccate, perché so come fare, buttando fuori il fumo dal naso, poi ho ripreso il sigaro e l'ho spento con la punta dello stivale. Il Comandante e l'Aiutante erano sbalorditi.

"Si chiama a fogu aintru," ho detto io.

"Come si chiama?"

Nessuno capisce, alla prima.

"A fogu aintru," ho ripetuto, scandendo, "col fuoco dentro. Così si è sicuri che il nemico non ti vede quando fumi."

Il Comandante mi ha squadrato. Da quasi una settimana eravamo partiti, ma mai mi aveva guardato così.

"Sei sardo di dove?"

"Di Nurri."

Non mi ha chiesto dov'è Nurri. Tutti me lo chiedono, e io rispondo "Vicino a Orroli, dove c'è il più importante nuraghe della Sardegna", ma lui no. Possibile che sappia dov'è Nurri? Possibile che sappia del rio e del lago che si chiamano Mulargia come me? Ha annuito, continuando a guardarmi.

"E funziona anche con le sigarette?" Ha chiesto questo.

"Sì, certo," ho risposto.

"Non ci si brucia la bocca?"

"No, se uno sa come farlo."

Allora, per fare colpo, ho detto quello che dice sempre mio padre, che ha perso una gamba sull'altipiano di Asiago, nel 1917, ed è per questo che l'anno dopo sono nato io: "Per tutta la Grande Guerra i soldati italiani hanno fumato così, in trincea, grazie ai loro commilitoni della Brigata Sassari."

Il Comandante ha smesso di guardarmi per scambiarsi un'occhiata con l'Aiutante di bordo, che continuava a fumare. Qualcosa è passato tra i loro sguardi, ma non so dire cosa. Poi è tornato a guardare me, e mi ha detto quello che speravo: "E lo insegneresti anche a me?"

E intendeva subito, lì. Che emozione. Il Comandante che imparava una cosa da me. L'Aiutante ha buttato la sigaretta e se n'è andato. Il Comandante è rimasto con me, vicino al cannone. Gli ha gridato dietro: "Metti la musica e di' al cuoco di fare gli gnocchi!"

13.

GIGGINO

L'Aiutante arriva in cambusa che siamo lì a pulire le gavette. Io sto recitando il mio rosario della roba buona, cumm' m'ha ritt' 'o Comandante: friarielli, scapece, pasta colle sarde, latte alla portoghese... L'Aiutante mi stringe la spalla che quasi mi fa male e mi dice: "Gnocchi, Giggino! Ordine del Comandante!" E subito se ne scompare.

Allora aggio immaginato bene, penso: Gibilterra l'avimm' passata, siamo arrivati in Atlantico e subito cominciamo a mangiare la roba buona. Aggio abbracciato il mio aiuto, Bicienzo, anzi il Povero Bicienzo, come lo chiamiamo tutti, per distinguerlo dall'altro Bicienzo, il Motorista-corallaro che è uscito stamattina con lo scafandro e non è rientrato più. Un eroe, ha ritt' 'o Comandante, senza il suo sacrificio morivamo tutti. La sua memoria avrà la medaglia d'oro. E però, pure se ora l'altro Bicienzo non ci sta più, il mio aiutante sempre il Povero Bicienzo rimane, perché è analfabeta e tiene una scatenata di fratelli e sorelle più piccoli tutti ammassati in un basso, e nun tiene la mamma, soprattutto, che per me è la disgrazia peggiore che c'è. Conosce l'alfabeto fino alla G, dalla H in poi non ricorda niente: è lento, e pure nu poco sordo. Tiene diciannove anni.

Gnocchi!, gridava. Gnocchi! Era felice, lui che mezz'ora fa chiagneva per la morte dell'altro Bicienzo. Era sincero prima, è sincero adesso, e questo rende più facile essere sincero pure a me. Pure io ho pianto, stamattina, e pure io adesso sono felice. Con lui qui ca nun se vergogna, manco io mi vergogno. Stamattina ero triste, mo sono allegro. Sono vivo. Faccio gli gnocchi. Farò la salsa di pomodoro più buona del mondo.

Andar
pel vasto mar
ridendo in faccia a Monna Morte ed al Destino...

Di colpo, parte l'inno negli altoparlanti. Ordine del Comandante pure questo, dice l'Aiutante quando ripassa di corsa davanti alla cambusa per tornare fuori. E quando il Comandante ordina di mettere il nostro inno, l'ordine comprende anche l'obbligo di cantarlo, tutti, dove siamo siamo. È accussì bello...

Colpir
e seppellir
ogni nemico che s'incontra sul cammino.
È così che vive il marinar
nel profondo cuor
del sonante mar!
Del nemico e dell'avversità
se ne infischia perché sa
che vincerà!

Cantando, il Povero Bicienzo si è avventato sulle patate, fino a oggi merce proibita, e si è messo a sbucciarle, mentre io, pure cantando, già pensavo al sugo: cipolla, sedano, pomodori pelati, parmigiano. Già me lo assaporavo, come quando ho conosciuto

Anna mia all'ospedale della base di La Spezia, che ho sentito le sue labbra addosso fin dal primo sorriso che m'ha fatto.

> *Giù sotto l'onda grigia di foschia nell'albeggiar*
> *una torretta bigia spia la preda al suo passar!*
> *Scatta dal sommergibile*
> *rapido ed infallibile*
> *dritto e sicuro*
> *batte il siluro*
> *schianta e sconvolge il mar!*

Il giradischi Lesa, quello elettrico, dove suona l'inno, l'ha portato a bordo il Comandante in persona. Però nunn'è sujo. Il Comandante nunn'è ricco di soldi, per comprare le cose. Il Comandante è ricco di questa capacità di farsi dare sempre quello che chiede, dai cristiani.

14.

STIEPOVICH

E mentre il Comandante sta imparando a fumare all'incontrario, e dall'altoparlante risuona per la seconda volta l'inno, io vedo l'aereo. Lo vedo prima di tutti, minuscolo, lassù, nel cielo impastato di grigio, potrebbe essere una macchia nella mia pupilla oppure una mosca oppure un aereo della RAF lontano tre chilometri, ma io grido prima di sapere: "Comandante!", e indico il punto, in alto, alle sue spalle, sottovento, verso poppa, verso Gibilterra, verso l'Europa, "Comandante!"

È davvero un aereo della RAF lontano tre chilometri.

Lo spettacolo della guerra fatta in mare è vedere in pochi secondi un manipolo di ragazzi che si tirano frustate con l'asciugamano diventare una macchina di morte. Di solito però, all'apparire di un aereo nel cielo, nei sommergibili succede questo: sirena di immersione rapida e nel giro di quarantacinque secondi, cronometrati dal Comandante nelle ultime esercitazioni, qua-ran-ta-cin-que-se-con-di, il battello scompare sott'acqua, risucchiato nella sua stessa spuma. Dopodiché, se come stavolta l'aereo è un caccia, perché è un caccia, ora lo si vede bene, il pericolo è scampato, dato che i caccia non sganciano bombe di profondità;

ma stavolta è stavolta e noi non possiamo immergerci, stiamo riparando i danni, abbiamo motopompe accese e saldatrici in funzione, doppi fondi aperti e gente al lavoro, perciò: combattimento di superficie.

Parte l'ordine: "Ai posti di combattimento!" Mulargia in un amen è al primo cannone, sull'altro piomba Cei, il Cannoniere Capo, e alle mitraglie corrono Poma e Cecchini, saltellando sulla coperta stretta e sdrucciolevole. Sono sveltissimi, ma se uno dei due avesse tardato solo un minuto giuro che alla mitraglia sarei andato io: col cannone no, potrei tirare a una nave, magari, ma non a un aereo con la loro precisione, però con la mitragliatrice potrei, posso, specie con queste che abbiamo sul *Cappellini*, con queste ho già tirato e sono bravo. L'ho chiesto al Comandante se una volta mi fa tirare, gliel'ho chiesto in veneziano, ché a lui gli piace sentire il suo dialetto e io i dialetti, friulano, feltrino, veneziano, padovano, vicentino, veronese, veronese delle valli, polesano, li ho studiati all'università: "Comandante, me faeo sparàr 'na volta ai inglesi coea mitràlia?" E lui mi ha risposto: "Bon."

L'aereo comincia a mitragliare ma i colpi sembrano starnuti perché rimane piccolo, lassù, innocuo, lontano, e a rispondere al suo fuoco sprecheremmo il piombo. È chiaro che questo inglese non vuole combattere; è chiaro che pensa a delizie lontane e a chiarori e a bianche strade di campagna e spara solo per segnalarsi, di modo che il sommergibile s'immerga e festa finita. Signor Capitano ho picchiato sugli italiani, li ho mitragliati rat-tat-tat-tat-tà, ma quelli son stati svelti a immergersi e sono scappati, che il diavolo se li porti. E così sarebbe andata se stavolta non fosse stavolta, ma stavolta è stavolta e dobbiamo rimanere in superficie e siamo già diventati un branco di predatori assetati di sangue inglese e quell'inglese ancora non lo sa.

Lesen d'Aston, il Direttore di tiro, se ne sta in silenzio a fianco del Comandante a scrutare il cielo, aguzzando gli occhi fermi e chiari: è l'ufficiale di bordo più giovane, mi frega di un anno, è Marchese delle Fiandre e patriota fino al midollo, è un predestinato. Nessuno emette il minimo rumore, nessuno si muove, il *Cappellini* è un mostro silenzioso mimetizzato nei grigi dell'oceano, mentre il caccia si avvicina anch'esso senza emettere suono dato che si trova sottovento – i venti occidentali dell'Atlantico, i westerlies, come li chiama l'inglese, lassù, che tra poco morirà, i Quaranta Ruggenti, i Cinquanta Urlanti, che da Capo Horn vengono a spegnersi qui e cancellano il rombo del motore di questo aereo che tra poco sarà una palla di fuoco e verrà inghiottito dall'acqua ghiaccia. Sembra una scena da cinematografo, quando era ancora muto: l'aereo che si avvicina e il rumore no.

E finalmente si spara davvero. L'inglese si rassegna e viene giù di sghimbescio, allargando il beta per avere più bersaglio a disposizione, ma trova un muro di piombo tra mitragliate e colpi di cannone e vira subito, scappa via. Recalcitra, di nuovo, non vuole morire oggi, invece i nostri tiratori ormai ci hanno fatto la bocca e lo inseguono con le raffiche anche quando non possono prenderlo più: sono equilibristi, soprattutto i cannonieri, ritti sulla coperta nuda senza nemmeno un ringhierino per puntare i piedi. Col mare che c'è è come stare in equilibrio sulla corda.

Ma ecco che d'un tratto gli aerei sono due, ne spunta un altro e il suo pilota è molto più ardito: neanche il tempo di avvistarlo (sempre da sottovento, sempre senza rumore) e già ci picchia addosso, e non vira quando arriva a tiro, e viene giù, e noi lo vediamo ingrandirsi, sputare fiamme dalle mitraglie, arriviamo a vedere la testolina cattiva dove risiede in un cassetto chiuso la memoria di tutta la sua vita turbolenta, forse infelice, che per lui non vale più nulla a giudicare da come si getta tra le nostre zanne. E tuttavia la fa franca, fa scintillare un paio di raffiche sul dorso del *Cappellini*, noi ci buttiamo in terra, i cannonieri lo mancano, i mitraglieri lo mancano e lui risale, miracolato, mentre il compare suo dalla vita migliore continua a fare ammuina lassù in alto, fuori tiro. E, attenzione: Mulargia è stato ferito. Alla testa, certamente di striscio sennò sarebbe morto, e invece resta lì aggrappato al cannone a sparare, e quando il sangue gli cola giù sugli occhi se ne libera con una manata, lo scrolla via come fosse sudore e si pulisce la mano sul pantalone. È proprio lui, quando il secondo aereo torna giù in picchiata mitragliando, a chiudere la faccenda con una cannonata che sembra un colpo di sciabola da quanto è precisa: il caccia si avvita, i motori in fiamme, il fumo nero che lo segue, il rombo disperato, e piomba giù verso di noi – oh-oh – puntando dritto verso di noi – oh-oh – perché quello screanzato del pilota dev'essersi messo in testa di schiantarsi addosso a noi, per morire in compagnia. Ci manca veramente per un pelo e si sfascia in acqua a pochi metri da noi, in un pandemonio di fuoco e di spruzzi che ci intontisce con la sua roboante bellezza: la bellezza che conosce solo il mariner che muore in mar, quando la battaglia si decide, nel grigio, nel bianco, nel blu, e contiene il sollievo e contiene la morte. Quella bellezza che conosce solo chi conosce la guerra, *qual essa sia, e parole non ci appulcro*.

L'altro caccia sgancia altre bombe ma è quello col pilota che non vuole morire e le bombe scoppiano lontane. Mulargia lo bracca, col viso insanguinato come un eroe, e le sue cannonate lo ricacciano indietro, finché dalla garitta esce Dalicani e grida che Schiassi, il Marconista, ha appena intercettato un messaggio radio con la base: l'inglese ha finito le bombe, anche il carburante sta per finire, rientra. Non voleva morire oggi, e oggi non morirà.

Il Comandante fa salire di corsa il Segnalatore Barletta con la lampada, e gli detta il messaggio da lanciargli dietro mentre si allontana inseguito dal piombo dei mitraglieri: "VIVA GLI GNOCCHI", è il messaggio. Poi ordina il cessate il fuoco, e l'oceano sprofonda nel silenzio, ché di nuovo l'aereo inglese spernacchia sottovento. E però di colpo vira, torna indietro e per un momento sembra picchiare di nuovo verso di noi, ma è solo per rispondere al messaggio con le luci di via. Barletta decifra: "BUON APETITO." "Con una *p* sola," precisa. Poi vira di nuovo e se ne torna alla base sano e salvo. Dell'altro aereo ormai non c'è più traccia, le lingue di fuoco sull'acqua si sono spente, il fumo si è dissolto, nemmeno un frammento che galleggia: come non fosse mai esistito.

Sul *Cappellini* si leva il grido di vittoria.

15.

MARCON

3 OTTOBRE 1940
ORE 16.00

 Finalmente il *Cappellini* ha potuto immergersi. Le ultime dieci ore sono state un ripasso di cosa vuol dire far la guerra nei sommergibili, per chi l'avesse dimenticato, e una scoperta per chi non l'aveva mai fatta: pericoli dappertutto, sotto, sopra, in mare, in cielo, dentro, fuori, congegni che si guastano, ossigeno che manca. Morte: il povero Motorista Stumpo, che ha dato la vita per salvarci tutti. Sangue: il Cannoniere Mulargia ferito alla testa da quel moscone, non poi così tanto di striscio, in verità, perché la ferita c'è tutta e di sangue ne ha perso. L'ho lavato io, su in coperta. Era tanto.
 Ora siamo a cinquanta metri di profondità, navighiamo tranquilli verso la nostra sottozona con rotta sud-ovest, gli idrofoni non segnalano nulla, c'è un po' di respiro. Todaro si occupa personalmente della ferita del Cannoniere Mulargia, gli ricuce la fronte con ago e filo. Mulargia mugugna con dignità. Tutto l'equipaggio è radunato intorno a loro due, qui a prua, e non vola una mosca. Molti ragazzi fanno finta di guardare ma in realtà

distolgono gli occhi, li fissano sui pomelli e sui manometri, sulle targhette d'ottone rivettate con le scritte: LUBRIFICAZ. E COMPR. ARIA A P N° I. MANDATA E COMPR. ARIA A P N° I.

Anch'io leggo le targhette, anche a me guardare il Comandante che ricuce Mulargia fa impressione. C'è una testa d'aglio incastrata tra i manometri dell'olio motore.

Quelli che osservano senza distogliere lo sguardo sono gli altri cannonieri, Cei, Poma e Bastino, e poi Fraternale, Bursich, Bono. Fine.

Todaro rompe il silenzio: "La sutura non è perfetta," dice, "ma blocca la fuoriuscita di sangue." Poi chiama il cuciniere, Giggino, che di cognome fa Magnifico, e lo chiama per cognome, per cognome e per grado, e perciò chiama il Caporal Maggiore Magnifico, e gli chiede del cognac. Io che lo conosco so che se fa questo è perché considera la circostanza solenne.

Giggino gli porge il cognac, con due bicchierini, ma Todaro ne riempie solo uno e lo dà a Mulargia, che beve. Poi restituisce a Giggino bottiglie e bicchierini, tra loro corre uno sguardo d'intesa che non so dire, quindi aiuta Mulargia a mettersi in piedi. Lo guarda come si guarda un figlio coraggioso, con fierezza. "Non ho il potere," dice, "di conferire una medaglia al valoroso Cannoniere Mulargia, ma intendo decorarlo in qualche modo." Fa una pausa, e io che lo conosco so cosa vuol dire. Guarda tutti noi. "Da questo momento potrà darmi del tu, potrà rivolgersi a me dicendo 'Tu, Comandante'."

Questo mi ricorda la fortuna che ho io: il Cannoniere Mulargia ha dovuto sfiorare la morte e abbattere un aereo nemico per meritarsi quel che a me è dato senza merito.

Arrivano gli gnocchi fumanti, ecco cos'era quello sguardo.

16.

TODARO

Rina carissima, da una settimana non accade niente.

Di giorno navighiamo in immersione e il tanfo dell'essere umano è dentro il nostro respiro. Non ci sono docce a bordo e il bagno è unico perché il secondo è rotto. L'acqua potabile scarseggia, gli gnocchi sono un sogno lontano.

Di notte emergiamo e smorzo la puzza dell'aria pulita fumando il sigaro a fogu aintru, come mi ha insegnato Mulargia, poi ti faccio vedere. Siamo molto lontani dallo scopo di questa missione che si chiama *Agguato*.

Il Silurista Leandri, livornese, e il Cannoniere Poma, siciliano, hanno litigato per questioni religiose. Una zuffa epica e ancestrale è stata, una lotta titanica attorno all'interrogativo sommo rispetto al quale i filosofi scrivono trattati sudando sulle carte e gli animali sollevano mugugni al cielo. Loro si sono quasi uccisi a mani nude urlandosi in faccia ingiurie senza capire una parola l'uno delle ingiurie dell'altro. Poma si è fratturato una mano colpendo l'acciaio della paratia, il che per un cannoniere è un problema. Ma il pugnale non è stato toccato.

Questa è l'Italia unita, Rina: qui un livornese e un siciliano sono più che stranieri, sono proprio abitanti di due pianeti diversi e lontani, per lingua, cultura, temperamento.

Minniti, Schiassi, Mancini, il Capo Silurista Giuseppe Parlato, Negri, Raffa, è un susseguirsi di occhi spiritati, brufoli, capelli sporchi, bocche carnose, vene in rilievo sulla fronte, risate, pelle tirata, tatuaggi, mani che non stanno mai al proprio posto.

Attaccati alle pareti, santi, santini, madonne, mogli, fidanzate e modelle di rivista, corni e ferri di cavallo. Teste d'aglio incastrate tra gli strumenti.

Tutta la giovinezza del mondo è compressa in questo sigaro d'acciaio.

Eppure, proprio il crogiuolo dove tutti i dialetti, piccoli manufatti e grandi opere dell'ingegno, ottuse credenze pagane, la rivoluzione egualitaria del cristianesimo e le vecchie reliquie si sono fusi è il nostro tesoro. Proprio questo bordello, meraviglioso e putrido, è l'Italia.

Rina carissima, sii fiera del nostro combattimento, trasmetti questa fierezza a nostro figlio e abbi pazienza se non posso recapitarti i miei messaggi, accendiamo la radio solo in caso di estrema necessità.

La schiena mi fa sempre male ma non tocco la morfina anche se vorrei, quanto lo vorrei, e pratico lo yoga quando sono triste perché penso con nostalgia a Sottomarina, a noi da bambini e a don Voltolina che non mangia per dar da mangiare a qualcuno che ha più fame di lui.

Allora decido di curare il male della lontananza con un male più forte, chiamo Marcon e gli chiedo di parlarmi in dialetto. Il miele della lingua di casa mi culla, non mi sento più lontano ma esattamente lì.

17.

MARCON

13 OTTOBRE 1940
ORE 22.15

    Navighiamo da giorni senza un obiettivo, battiamo la nostra sottozona disegnando inutili diagonali nell'Atlantico. La notte usciamo a prendere aria e a rigenerare i motori, il giorno stiamo sotto, siamo in guerra ma la guerra non c'è, non c'è il nemico, non c'è nulla. Solo acqua grigia e cielo nero, o viceversa. Dal Betasom non arrivano segnalazioni di convogli da attaccare. Anche il segnale di Radio Andorra è sparito.
    Todaro è stanco, si vede. È stanco e soffre, per quel busto che si sforza di tenere nascosto sotto la camicia col collo sempre abbottonato. Insieme al busto si sforza di tenere nascosto anche il proprio soffrire, ma io so che soffre perché conosco quel soffrire. Conosco il dolore che sta lì tutto il tempo, dove sei tu c'è anche lui, sempre. È stato quel dolore che ci ha fatto diventare amici, all'ospedale.
    Stasera mi ha chiesto di entrare in cabina con lui. Era dal primo giorno che non ci entravo, e anzi credevo di non entrarci più. Mi ha fatto sedere sulla sua sedia. Si è tolto braghe, camicia

e maglia della salute e si è seduto sulla cuccetta, in mutande, col busto metallico all'aria, appoggiando la schiena alla paratia. Ha chiuso gli occhi e la sua espressione si è rilassata. Di me non si è curato più: come se non ci fossi. Io sono rimasto immobile come un baccalà, facendo attenzione che anche solo il mio respiro non lo disturbasse, e così sto da cinque minuti.

È una situazione strana.

Solo gli occhi muovo, perché gli occhi non fanno rumore. Guardo il suo piccolo mondo segreto. Sul tavolino, oltre a una lettera per sua moglie ("Rina carissima..."), c'è la morfina, chiusa, intatta, e un fascicolo rosso dal titolo *La Rivista Magnetica*, del novembre 1930. Sulla copertina c'è scritto: *Storia dell'occultismo* e poi *Sommario: La magia mentale nella...*

D'un tratto la sua voce mi riscuote.

"Parlàme in venexiàn," mi dice.

"In venexiàn?" rispondo a una domanda con una domanda, come gli ebrei.

"Sì. In dialèto."

"E cossa gòi da dirte?"

"Quel che ti vuò. Pàrlame dei to sogni. Dee to pasión. Déa to faméja. Xé un ordine."

Sul suo viso si accenna un sorriso, appena appena, e io, senza pensarci, come si fa quando si eseguono gli ordini, comincio a parlare.

"Eh, ea me faméja... Ara che mi so òrfeno, me faméja zé ea Marina. Ea faméja de me mojère: ea zé na grande faméja, anca massa: i cognà, 'e cognà, i suoceri, i nevódi, tuti incalcà nel casón a Sant'Erasmo, cossì tanto incalcà che qua drento me par de star più largo de quando che vago a casa in licensa. Boscolo ì se ciàma. Brava xénte. Tuti bajani, da sempre. Bajani de Sant'Erasmo, da sempre. Ì gà un fià de tèra, ì coltiva 'e speciaità de l'isòea. Articioki. Ùa bianca par el proseco. Ì xé tanto tacài al tòco de tèra, e infati me mojère no ea me xé miga vegnù drìo, a Taranto e pò a Livorno e pò a La Spessia, ea gà vossudo restar là e i fjòi i gà tirà grandi a Sant'Erasmo. Mi no ghe so mai stà tanto de gusto, ma ea la me gà fato prométarghe che se no ì me còpa quando chea guèra finisse, mi me congedo e anca mi vago a vivér là, dove che no so mai stà."

E ora, mentre parlo della mia famiglia al mio Comandante, in dialetto, perché lui me l'ha ordinato, mi succede una cosa strana: mi accorgo che queste cose semplici io non le ho mai dette a nessuno, nemmeno a lui. E anch'io mi sento in pace, e mi rilasso, e mi piace esser qui, e continuo a parlare.

Mé sogni. Mé pasiòn...

"Sì, anca mi vago là e taco ad arlevàr i mussi. Mi amo i mussi, i amo più dei òmeni, ì zé e bestie più bèli del creà. Amo la sò pasénsia, la sò umiltà, e anca la sò testa, parché i mussi ì zé inteligenti. I amo quando ì çérca de paràr via le bòte co' un colpo de la récia come ì fà coe mosche. I amo quando che ì sbàssa éa tèsta co quéa sò dignità che éa gà soi che lòri, e ì stà in piè con i loro penìni picinìni tacà, in 'na maniera tanto tenera che ì te fa pianzer de pietà. I amo più deli òmeni, ma dèsso so qua a crepàr par li òmeni..."

Ecco, Todaro ora sembra addormentato, la schiena contro la paratia, l'espressione finalmente rilassata. Dove termina il busto il contatto con la pelle viva ha prodotto una striscia viola. Ma come smetto di parlare, per mostrarmi che mi ha ascoltato si mette a farfugliare: "I mussi... Son bèli, i mussi..."

Mi alzo piano piano, e gli incastro un cuscino dietro la testa. Penso di uscire in punta di piedi, lo penso solamente, giuro, non ho fatto nemmeno un passo, ma lui mi ferma. "No... Sta' qua... e svejame fra un'oréta..."

E questo sarebbe il suo riposo.

"Un'ora la zé massa poco, Salvatór."

"Te gò dito un'ora... Zé un ordine." Sempre con gli occhi chiusi, sempre farfugliando.

Mi risiedo.

Un'ora. Mi rimetto a leggere la copertina della rivista rossa: *Sommario: La magia mentale nella vita umana. Le forze occulte: l'origine della magia. Le forze occulte: esperienze ipnotiche. Gli insegnamenti indiani: le ceneri del corpo. Iniziazione indiana. Necromanzia. Aria pura. La scienza e l'occultismo.*

Il suo torace imprigionato nel ferro si gonfia e si sgonfia lentamente. I suoi lineamenti si sciolgono nel sonno. Riposa, finalmente.

Ma un'ora la zé massa poco.

18.

MULARGIA

"Po cambiai su chi apo nau cun s'ordini de ainnanti, po serviziu de chistionis sìghidi puru pusti su dosci de su mesi de ladamini usendu s'ora de lei in s'istadi. Passu."

Dall'apparecchio escono gracchiando frasi che solo io capisco. La voce è quella del Sottotenente Mùlliri Antonello, di stanza nella nuovissima base atlantica dei sommergibili italiani istituita a Bordeaux, nome in codice "Betasom". Mùlliri trasmette dall'*Admiral de Grasse*, il transatlantico francese sul quale la Regia Marina ha installato la stazione radio, e sta parlando in sardo campidanese. Io prendo appunti su un quaderno mentre il Comandante, l'Aiutante di bordo Marcon e il Marconista Schiassi stanno in ascolto, tutti e tre chini sulla radio con gli occhi socchiusi e la testa inclinata di chi non sta capendo nulla.

Quando Mùlliri dice "Passu" io gli rispondo "Tempus. Du nau a su Cumandanti", e poi, a microfono spento, leggo al Comandante l'appunto che ho preso sul quaderno, traducendo il messaggio in italiano:

"A modifica del precedente ordine l'uso dell'ora legale estiva proseguirà anche dopo il 12 ottobre per il servizio comunicazioni."

È stata una mia idea, quella di usare il sardo campidanese per comunicare con Betasom: il mio terzo momento di gloria da quando è cominciata questa missione. Il primo è stato insegnare al Comandante e a tutti gli ufficiali a fumare a fogu aintru. Il secondo è stata la decorazione che il Comandante mi ha dato per avere abbattuto l'aereo inglese. E il terzo è avere suggerito questo sistema per evitare che gli inglesi capiscano qualcosa nelle nostre conversazioni con la base di Bordeaux. Fin qui sono state tutte informazioni di servizio che per loro non hanno importanza, ma non si sa mai: e poiché ai servizi radio sull'*Admiral de Grasse* c'è il mio compaesano Mùlliri, anche se proprio compaesani non siamo, io sono di Nurri, lui di Mandas, il paese vicino, ma insomma, ho detto al Comandante, dandogli del voi perché non mi riesce dargli del tu come lui mi ha permesso di fare: "Perché non chiedete al comando di farci passare le informazioni da Mùlliri, in campidanese? È meglio di qualsiasi codice cifrato." Il Comandante l'ha trovata una buona idea e così, da quando siamo in Atlantico, Mùlliri mi trasmette tutti gli ordini di servizio cifrati nella nostra lingua e io li traduco per gli ufficiali del *Cappellini*. Il babbo sarà orgoglioso di me: lui, Brigata Sassari, fanteria, ferito gravemente sull'altipiano di Asiago e medaglia di bronzo al valor militare, ha fatto un po' di storie quando sono entrato in Marina, ma quando saprà come mi sto comportando nell'equipaggio del *Cappellini*, agli ordini del Comandante Todaro, a d'essi bregiòsu de mei.

Riaccendo il microfono e chiedo a Mùlliri se per oggi è tutto: "Grassia, Mùlliri. Non c'est atru? Passu."

E, a sorpresa, non lo è: "Eja. Eja. C'est un avvisu erribbau immòi immòi. Anti singialàu unu bastimentu stranu meda in fundu a unu stragàssu militari ingresu in sa sutt'eozona de bardàna numeru unu andendu concas a nord-sud. Passu."

Emozionato, perché lo so cosa vuol dire, spengo il microfono e traduco:

"È stato scoperto un piroscafo non identificato scortato a distanza da un convoglio militare inglese nella sottozona di agguato numero Uno, con rotta nord-sud."

Tutti esultano, perché la sottozona numero Uno è la nostra. È il messaggio che aspettavamo da quando siamo usciti in Atlantico. Il Comandante dice: "Rotta nord-sud vuol dire che va a Freetown."

Ma la voce di Mùlliri gracchia di nuovo dall'altoparlante, in italiano: "Mulargia, sei ancora in ascolto? Passo."

Io rispondo in sardo: "Chei o Mùlliri, naramì. Passu."

Ma Mùlliri continua a usare l'italiano corretto e semplice che ci hanno insegnato in Accademia: "Ho un messaggio per il Comandante Todaro. Signor Comandante, siete lì? Passo."

Rimaniamo tutti interdetti per il fatto che Mùlliri non stia usando il campidanese. Il Comandante mi prende il microfono e risponde: "Sono qui. Passo."

Come se da dentro la radio Mùlliri si fosse accorto della nostra perplessità, arriva la spiegazione: "Uso l'italiano perché si tratta di un messaggio personale, signor Comandante. È da parte di mio cugino Careddu Efisio, l'elettricista che avete lasciato a terra a La Spezia. Tre giorni dopo la vostra partenza è stato operato d'urgenza di peritonite. Se fosse partito sarebbe morto."

Tutti ora guardiamo il Comandante, che sostiene a fatica i nostri sguardi. Mùlliri continua: "Careddu vorrebbe farvi pervenire la sua gratitudine, signor Comandante, per avere capito che non stava bene, salvandogli la vita. E insieme alla sua, anche quella di tutta la sua famiglia, compresa, con permesso, la mia."

Il Comandante fa sempre più fatica a mantenere la sua espressione da sfinge. Però ci riesce, e tutto ciò che fa è tirare su col naso.

19.

TODARO

Rina, il Cannoniere Bastino, tatuatore di bordo, ha dipinto una sagoma del mago Baku modificandola con le mie sembianze. Ci ha messo anche il busto metallico. Dicono che è tale e quale a me.

Così mi chiamano, mago Baku. Non me la prendo, anzi, mi diverto e qua sotto una risata vale tanto. Però io veramente vedo le cose. Vedo il nemico quando sta per arrivare e mi faccio trovare pronto, con il cannone puntato.

Un'altra cosa che vedo è che morirò in guerra. Va bene allora, porco di quel greco che mi ha mostrato il destino, morirò. Ma nel sonno. Da sveglio non mi avranno mai.

20.

MORANDI

Se io vedessi nelle persone quello che riesco a vedere nel mare sarei come il Comandante, sarei un mago. Ma nelle persone io non vedo mai nulla: la cattiveria, la bugia, la brutta coscienza mi prendono sempre di sorpresa. Nel mare invece vedo, anche quando è tutto buio e impastato come stanotte.

Nel mare di stanotte io ho visto la nostra preda. Sarà fortuna, sarà un caso, ma la nave che cercavamo l'ho vista io. Mi hanno messo di vedetta proprio quando dovevo smontare, e gli occhi si chiudevano da soli, e mi ci hanno messo insieme a Siragusa, che è di Mineo, giù in Sicilia, e quando parla non si capisce nulla, perciò con lui non si può neanche chiacchierare. Marcon, il Capo Nocchiere, mi ha detto una cosa nel suo, di dialetto, che è il veneziano, e nemmeno quello si capisce, ma il senso era "tu la vedrai, Morandi. Tu hai l'occhio buono". È bastato questo per darmi la carica, più di otto ore di sonno.

Che poi non è nemmeno una faccenda di occhio, perché il mare lo guardiamo con i binocoli, mica a occhio nudo: è proprio questione di saper vedere le cose nel mare. A casa vedevo i pesci dalla superficie, per prenderli con le mani, vedevo i barchini in mezzo alle tempeste, per andare a tirarli a terra. Vedevo le persone che stavano per affogare, per salvarle. C'è chi riesce a vedere gli animali da lontano, magari in montagna, dove io non riesco a vedere nemmeno le cose più evidenti: "Là, uno stambecco!" "Dove?" "Là, vicino a quella cresta!" "Quale cresta?" "Quella sopra allo strapiombo!" "Quale strapiombo?" "Quello a destra del canalone," "Quale canalone?"... In mare invece vedo tutto. Devo esserci anch'io, però, nel mare, si capisce, dev'esserci il rumore del mare tutt'intorno, dev'esserci l'odore, devono esserci le onde e gli spruzzi che infradiciano come stanotte: agli altri questo dà fastidio, a me no. Perciò stanotte il battello che stavamo cercando l'ho visto io.

Ho aspettato, prima di annunciarlo, si vedeva e non si vedeva sull'orizzonte increspato, e tante sono state le illusioni, in questi giorni: ma questa non era un'illusione. Aspettavo di vedere la bandiera, anzi, la bandiera la vedevo, aspettavo di vedere che bandiera fosse, ma eravamo troppo lontani, cinque chilometri almeno, e nessuno avrebbe potuto vederlo. Volevo strafare, volevo annunciare battello e bandiera. Ho rischiato, perché in realtà poteva vederlo anche Siragusa da un momento all'altro, e così, all'apice di un'onda, con il campo visivo che si era espanso e la sagoma che si era fatta più chiara, mi sono deciso: "Piroscafo a ore undici! A cinquemila metri!"

Il *Cappellini* si è come destato di colpo, tutto un viavai di marinai sulla sua groppa, grida, fischi, e nel giro di, davvero, nemmeno due minuti ecco che mi spunta accanto il Comandante, qui in torretta. Scalzo, l'incerata sul busto metallico, mutandoni e passamontagna, si mette a scrutare il mare dalla feritoia.

"Ore undici, Comandante," dico. "Un mercantile. Lo vedete?"

"Caspita, sì," mi risponde, continuando a guardare. "Bravo Morandi!", e Siragusa dietro, a rosicare.

Io so che, ora che l'ha visto, l'occhio indagatore del Comandante sta ispezionando minuziosamente la nave: l'albero, la bandiera indistinguibile, il cannone sul cassero, tutte le luci spente... Allora io mi metto a nominarle, le cose che lui sta vedendo, come se lo stessi accompagnando in un luogo dove sono già stato. "È a luci spente," dico. "È un mercantile, otto-diecimila tonnellate, ma ha un cannone a prua."

Il Comandante non dice nulla per un po', forse non ha ancora visto il cannone, perché il cannone non è facile da vedere. Poi, di colpo: "E la scorta?"

"La scorta non si vede," rispondo.

La notte è opaca, caliginosa. L'occhio del Comandante sta continuando a indagare. "Non si capisce che bandiera è," dice.

"No, Comandante," rispondo, e il Comandante sa che se non lo capisco io non lo capisce nessuno. Però la nave è là, l'abbiamo trovata.

Ecco, il mio contributo finisce qui. Ma io sono solo una Guardiamarina. Lui invece è il Comandante, e il bello di essere il Comandante comincia adesso. "Comunque," dice, "è una nave con un cannone che naviga a luci spente in zona di guerra. Io l'affondo."

21.

MARCON

15 OTTOBRE 1940
ORE 23.15

"Ai posti di combattimento!"
Il *Cappellini* è scosso dal grido che tutti attendevano. In pochi sappiamo cosa sta succedendo, cioè che Morandi ha avvistato un piroscafo e Todaro ha deciso di attaccarlo. La maggior parte di questi ragazzi vive reclusa nel suo pezzetto di stiva e non vede nient'altro che manometri, corde, volanti, bocchette. Sono sballottati, sbattuti, sconvolti, giorno e notte, anzi per loro in una notte continua. Ma quel grido è sufficiente, e ora è tutto un rimbalzo di ordini di manovra, col sottordine del Direttore di macchina, Bursich, che ribatte quelli dati da Todaro.
"Avanti tutta dieci gradi a dritta!", e il *Cappellini* prende velocità. "Correggere altri cinque gradi a dritta!", per lasciare al nemico il bersaglio minimo. Nemìgo... no eo savémo gnanca se 'l xé el nemìgo. Niàltri sperém, ma no xé che sémo sèrti.
I motori diesel si sforzano, alla massima potenza. Il tuf-tuf dell'andatura normale è diventato un rombo. Todaro fa segno a Minniti, l'Idrofonista. Lui ascolta con attenzione dalle cuffie il suo

strumento, quello che io riparo quasi tutti i giorni, poi si rivolge al Comandante: "Ci stiamo avvicinando," dice.

"Distanza?"

"Duemilacinquecento metri."

Todaro si avvia verso la garitta. Io lo so cos'ha in testa, lo conosco, ma chiedo ugualmente, dato che ne ho facoltà: "Ci immergiamo e mandiamo siluri, Salvatór?"

Todaro è già aggrappato alla scaletta. "No."

E certo. Il Comandante Salvatore Todaro è un fiero avversario dei siluri.

"Ste suposte no e trova mai el cùeo," dice, in dialetto, per farsi capire solo da me e da Stiepovich. "Stemo su. Sté pronti coi canóni."

Attacco di superficie, dunque. Anzi, *agguato*, come dice l'ordine di servizio: Todaro fa staccare i motori termici e ci fa passare agli elettrici, anche in superficie. Perché non fanno chiasso.

Usciamo all'aperto. La notte si è rischiarata. A mano a mano che ci avviciniamo al bersaglio, troviamo mare sempre più calmo: si dice che l'Atlantico è più capriccioso di una vedova, ed è vero. Nel giro di mezz'ora si passa da buriana a bonaccia.

Ci caliamo i passamontagna sul volto: non per il freddo, ma perché così ci vediamo l'un l'altro come neri angeli dell'apocalisse, e ci eccitiamo. L'adrenalina è l'antidoto alla paura della morte.

LESEN D'ASTON

Mare piatto. Nero. Petrolio.
Il *Cappellini* fila a pelo d'acqua. Nessuno scintillio di metalli. Una macchia nera sul nero, silenziosa e veloce.
Il Comandante sta dritto sulla sua groppa, in equilibrio come il domatore in piedi sul cavallo.
È rimasto com'era, mezzo nudo.
Guarda l'orologio in dotazione agli ufficiali della Marina. Mancano pochi minuti alla mezzanotte.
Il piroscafo sconosciuto ora è vicino, la sua massa scura è sotto tiro. Il *Cappellini* è in linea con lui, per offrire il minimo bersaglio.
Il Comandante ci tiene tutti fermi.
Dal battello ignoto il cannone fa fuoco. Il tiro è lungo.
Il Comandante fa cenno di aspettare agli artiglieri che mordono il freno.
"Siamo troppo vicini, col cannone non ci prendono più."
Ancora un tiro dal battello ignoto. Lungo.
Nei mirini degli artiglieri il battello appare nitido e ben inquadrato.
Il Comandante abbassa la mano.
"Fuoco!"

I cannonieri sparano d'impeto.

Un colpo, di Bastino. A vuoto. Un secondo colpo, di Poma. A vuoto.

Poma non ha abbassato il passamontagna, il suo volto è una smorfia di dolore. Non riesce a usare la mano destra. Se l'è rotta con quel cazzotto che ha tirato a Leandri ma ha colpito la paratia. A denti stretti continua a sparare ma non riesce a dirigere il colpo.

Tutt'intorno grandina il piombo del piroscafo sconosciuto che deve aver trovato il modo per correggere la balistica.

Stiepovich dice qualcosa al Comandante, io non sento. Il Comandante lo guarda e annuisce.

Stiepovich viene da me, la barba che spunta dal passamontagna.

"Poma ha la mano rotta. Non può sparare. Prendo il suo posto."

Va da Poma e lo strappa dal cannone.

Poma è un ragazzo orgoglioso, vorrebbe ribattere, ma i gradi di Stiepovich lo ammutoliscono. Forse anche il dolore alla mano lo ammutolisce.

Mi guarda.

Io sono il Direttore di tiro. Gli faccio cenno di farsi da parte, e Stiepovich si mette al cannone.

Io sono il Direttore di tiro e toccherebbe a Mulargia, a Nucifero, a Cei, a Cecchini. Loro sono i cannonieri. Toccherebbe a me, al limite. Stiepovich non c'entra niente coi cannoni. Ma Stiepovich è un mio amico. Siamo gli ufficiali più giovani, a bordo. Me l'ha detto tante volte quanto gli piace sparare. E poi ha già chiesto al Comandante, e il Comandante ha detto sì.

Il battello sconosciuto ha veramente aggiustato il tiro e la pioggia di piombo raggiunge la coperta del *Cappellini*.

Divampano fiammate impressionanti.

Il primo colpo di Stiepovich raggiunge il bersaglio e genera un incendio a poppa del battello straniero.

Stiepovich urla di gioia.

Si legge un nome, ora, sulla fiancata del battello: *Kabalo*.

Ecco perché la bandiera non si distingueva: è tutta arrotolata sul pennone. Non si distingue ancora.

Il *Kabalo* continua a sparare, il piombo a fischiare sulle nostre teste: ma un'altra bordata, ancora di Stiepovich, colpisce in pieno il suo unico cannone sul cassero, e lo distrugge.

Il cannone però ha fatto in tempo a sparare un ultimo colpo che esplode in coperta. Stiepovich cade ferito. Il Comandante Todaro, il Capo Nocchiere Marcon e io accorriamo in soccorso.

La voce della vedetta: "Cannone nemico fuori uso!" Infatti il *Kabalo* ha smesso di sparare. Sul ponte ormai divampa un unico incendio impetuoso.

Anche sul ponte del *Cappellini* ci sono fiamme, ma l'equipaggio le sta spegnendo.

La mitraglia continua a sparare.

Il Comandante tiene Stiepovich tra le braccia, gli toglie il passamontagna. Vede che ha una gamba maciullata e trattiene il suo volto verso l'alto, perché lui non la veda.

Si rivolge a Marcon.

"Chiama tre ragazzi. Fallo portare giù."

Stiepovich trema tutto.

"L'ho vista la gamba, Comandante."

Anche la sua voce trema. La sua gamba non c'è più. Lo stivale sembra spuntare dal nulla.

"Comandante, vi prego, lasciatemi qua. Voglio vedere il nemico che affonda."

Il Comandante respira, una, due volte. Si toglie anche lui il passamontagna. A Marcon: "Vai a prendere la mia morfina."

La mia morfina...

Forse è per la schiena, forse noi non lo sappiamo ma quel busto intorno al torace gli dà il tormento.

Marcon sparisce dentro una garitta.

Noi non sappiamo nulla del Comandante.

Il Comandante tira su la testa di Stiepovich, perché possa vedere il battello che arde come una pira sull'acqua nera.

Si rivolge a me: "Accostare su Beta 90 e lanciare siluro da 533."

Io chiamo il Sergente Parlato, ribatto l'ordine.

Parlato si allontana verso la garitta. Ribatte l'ordine.

Il *Kabalo* arde, s'inclina di lato.

Stiepovich alza la testa. Trema sempre di più.

"Un bel siluro, eh Comandante?"

Il *Cappellini* s'intraversa per eseguire l'ordine. Cei alla mitraglia continua a sparare all'indirizzo del *Kabalo* in fiamme.

Un'esplosione abbaglia il cielo in lontananza, dietro al battello in fiamme.

Anche la mia voce trema: "Bersaglio mancato, Comandante! Tiro lungo. Faccio ripetere con..."

"No, Lesen! Lascia perdere. Mulargia!"

Arriva Mulargia, anche lui senza passamontagna, con la testa fasciata.

"Sì, Comandante?"

"Affondalo con tutta la forza."

Il Comandante stringe la testa di Stiepovich nell'incavo del braccio.

Non ama i siluri, questo lo sappiamo.

Ora il *Cappellini* e il *Kabalo* sono molto vicini. Si vede finalmente la bandiera del battello.

Stiepovich ha ancora gli occhi aperti: "Sono belgi, Comandante."

"Sì. E dovrebbero essere neutrali, dio càn."

"Farò presente, Comandante."

Ha ancora la forza di farci ridere.

Mulargia spara un primo colpo di cannone che va lungo. Spara un secondo colpo, che centra in pieno il bersaglio.

Una vampa ancora più rossa si accende all'altezza della stiva di poppa. Un rombo ancora più profondo. Uno scoppio ancora più forte.

Alcuni uomini hanno preso fuoco e si gettano in acqua dal ponte. Si sentono urla, fischietti, poi un silenzio innaturale che permette di distinguere il fragore delle fiamme.

Arriva Marcon con la morfina. Il Comandante fa cenno a Stiepovich di stare tranquillo. Poi riempie la siringa e gli pratica l'iniezione. Cerca di tenere più in alto possibile la testa di Stiepovich, affinché possa vedere lo spettacolo del *Kabalo* che si abbatte su un fianco, avvolto dalle fiamme.

Rumore di sartie spaccate. Gorgoglìo infernale.

Il *Kabalo*, affondando, urla come un'aragosta gettata viva in pentola.

Stiepovich lentamente chiude gli occhi. Sembra che non debba riaprirli più ma invece li riapre, proprio mentre il *Kabalo* viene inghiottito dal mare.

Scompare di colpo, solennemente, lasciando un denso fumo bianco dove prima era il ferro infuocato.

"Grazie, Comandante."

Silenzio.

23.

STIEPOVICH

Le macchine. Questa è una guerra di macchine. E anche la pace che un giorno le seguirà sarà una pace di macchine. Il futuro sarà il tempo delle macchine, che aiuteranno gli uomini a prosperare come ora li aiutano a sbarazzarsi del battello nemico. Ma le macchine saranno migliori dell'uomo, e penseranno, anche, e ragioneranno: proprio così, il futuro ci darà macchine intelligenti, che saranno in grado di consigliarci e di curare le nostre paure, e questo futuro non è lontano, è lì, oltre questo vascello in fiamme, dietro l'orizzonte nero, appena oltre il tempo che impiegheremo per smettere di ammazzarci e trovare il modo di convivere in pace. Io lo vedo. Le macchine ci aspettano nel futuro, e il futuro ci aspetta subito dietro la guerra. Ci aspetta un tempo meraviglioso.

24.

LESEN D'ASTON

Se Stiepovich non fosse stato mio amico, non sarebbe lì. Se non fosse stato mio amico lì adesso ci sarebbe Nucifero, o Cecchini, o Cei.

Stiepovich chiude di nuovo gli occhi. Stavolta non si riaprono più.

Il Comandante si preme le tempie con le dita, per quel lungo istante nel quale la morte, qualunque morte, mozza il fiato e appare insuperabile.

Se lui non gli avesse detto di sì, Stiepovich non sarebbe lì.

Poi però respira forte con il naso, alza lo sguardo e trova i miei occhi, quelli di Marcon, quelli di Parlato, e ritrova il coraggio.

La morte è ancora tra le sue braccia ma non gli mozza più il respiro.

La voce di un marò strappa il silenzio.

25.

TODARO

Alla fine è successo.

Abbiamo affondato una nave che viaggiava a luci spente, ma non è questo: questa è piuttosto la ragione per cui siamo qui. Abbiamo anche perso un altro uomo, un giovane ufficiale dotato e coraggioso.

Ma, Rina, non è nemmeno questo.

Quello che è successo, è successo subito dopo, quando le sartie della nave colpita erano già schiantate e lei era già annegata in fondo al mare. Mentre le chiazze di benzina in fiamme abbrustolivano il mare, è successo quello che mi toglieva il sonno nelle notti tranquille, a cui pensavo e ripensavo, chiedendomi che cosa avrei fatto, se fosse successo – anzi non "se", "quando" fosse successo, perché sapevo che sarebbe successo.

La prima voce ha gridato da poppa: "Due uomini in mare si avvicinano a dritta! Che facciamo, Comandante?" Io avevo tra le braccia il corpo del povero Stiepovich che era appena morto da eroe. Un fascio di luce perlustrava il mare buio come l'inferno, dal quale provenivano urla disperate e ancor più disperati trilli di fischietto.

La seconda voce ha gridato da prora: "Altri tre uomini da mancina, Comandante! Che facciamo?"

Naufraghi, Rina mia. Uomini vinti che nuotavano a fatica e puntavano tutte le loro forze residue sul nero sommergibile che li aveva appena ridotti in quello stato. Uomini che fino a mezz'ora prima avevano le stesse cose che abbiamo tutti noi, e bada, Rina, che non parlo di denaro, non parlo di ricchezze, parlo delle povere cose che ogni uomo si porta sempre dietro, anche in guerra: le foto dei propri cari, il rasoio, il pennello e il sapone per radersi, le sigarette, gli zolfanelli, il pettine, la brillantina, le forbicine, il portachiavi, la roba di ricambio, un maglione di lana fatto ai ferri dalla mamma, le scarpe da riposo, un orologio da taschino appartenuto a un antenato, un mazzo di carte da gioco, una penna stilografica con l'inchiostro raggrumato nel pennino. Tutte quelle loro povere cose in quel momento stavano per toccare il fondo dell'oceano insieme alla nave che le conteneva. Quegli uomini ora non avevano più nulla. Avevano solo un corpo, sempre più pesante, sempre più vicino alla fine, un corpo ancora caldo che l'acqua gelata avrebbe assiderato in pochi minuti. Anzi, Rina cara, non è giusto che io ti dica "avevano": loro "erano" quel corpo, ormai erano soltanto quello. Non erano superstiti, come li chiama l'ordine 154 di Dönitz, erano naufraghi. Guardavo i loro occhi sbarrati, le loro bocche spalancate, sempre più vicine, tenevo ancora tra le braccia il povero Stiepovich, al quale ero molto affezionato.

La voce di Marcon: "Scialuppa in avvicinamento, Salvatore. Piena di uomini. Che facciamo?"

Stava succedendo, Rina mia, e la domanda era una e una soltanto: "Che facciamo, Comandante? Che facciamo? Che facciamo?"

L'ordine numero 154 di Dönitz è chiarissimo: dice che bisogna lasciarli lì, i superstiti, e andarsene. E anche gli ordini di Lord Cunningham, per gli inglesi, o dello stesso Churchill, sono uguali: colpire, affondare, sparire. Siamo in guerra, diamine.

Siamo in guerra, Rina, e tu sai bene quanto io rispetti la guerra, sai quanto il mio essere sia plasmato per combattere e sai quanto alla guerra io sia disposto a sacrificare. Lo sai perché il mio sacrificio alla guerra sei tu stessa: il nostro amore, la nostra famiglia. Siamo in guerra, sì, e io lo so benissimo: però non siamo solo in guerra. Siamo in mare. E siamo uomini. E anche il mare ha le sue leggi, anche l'essere uomini le ha, guerra o non guerra.

L'ordine numero 154 di Dönitz è chiarissimo, Rina, ma nel buio della notte atlantica Dönitz non c'era. C'ero io, e sopra di me c'era solo il buon Dio, come lo chiamava don Voltolina: "Il buon Dio che tutto vede"...

Quanto ci avevo pensato, Rina mia? Quanto me l'ero immaginato quel momento? Quanto me l'ero già chiesto io stesso: "Comandante, che facciamo?"

26.

MARCON

16 OTTOBRE 1940
ORE 4.00

"Tirateli su."
Sono io stesso a ribattere l'ordine di Todaro, e i marinai immediatamente lo eseguono. Afferrano quelli che sono arrivati a nuoto, più morti che vivi, e li tirano su, mentre la scialuppa stracarica si staglia, sempre più vicina, nella chiazza di petrolio lasciata dal *Kabalo*, che riverbera la luce del faro.

I naufraghi in mare sono cinque, uno di loro non ha nemmeno la forza di aggrapparsi alla corda per essere issato sul ponte del sommergibile. Un suo compagno lo sostiene e riesce a fare in modo che salga, poi sale anche lui. Sulla coperta i suoi occhi stremati e riconoscenti si incrociano con quelli di Todaro, riprendono vita. Gli altri tre vengono tirati sulla coperta del *Cappellini*. Due hanno la pelle nera come è nero tutto, stanotte. Bastino e Cardillo li guardano con sospetto, li toccano appena. L'altro, bianco, ha la faccia ustionata che sembra me.

La scialuppa si accosta al *Cappellini*, le luci di coperta arrivano a rischiararla. Li conto: a bordo ci sono altri ventuno uomini.

Todaro si rivolge al naufrago il cui sguardo ha incrociato per primo, quello che ha aiutato il compagno: "Français?"

È un ragazzo, come Stiepovich, che giace morto qui accanto. Ha i panni zuppi, ma anche bruciati: è uno di quelli che si sono buttati in mare avvolti dalle fiamme. Ma la paura, la stanchezza e lo stupore di trovarsi davanti un ufficiale mezzo nudo non riescono a cancellare una luce di bellezza dal suo volto.

"Parlo italiano," risponde.

Todaro gli chiede di identificarsi e lui dice di essere il Tenente di vascello Jacques Reclerq. Il suo accento è quasi impercettibile, parla la nostra lingua meglio di molti di noi, compreso me. Todaro gli chiede quello che sappiamo già, e cioè nome e nazionalità del battello affondato. Lui gli risponde aggiungendo che il Belgio è neutrale in questa guerra. Todaro allora gli chiede perché viaggiavano a luci spente, e lui gli risponde che non lo sa. Todaro indica l'orizzonte nero. Chiede: "E perché un convoglio inglese stava scortando una nave neutrale?" Nessuno l'ha vista questa scorta, ma la domanda ha fatto centro perché il ragazzo non risponde e si volta verso la scialuppa. Il suo sguardo va in cerca di qualcuno, si ferma su un uomo massiccio, d'aspetto burbero. Dai gradi che ha sulle mostrine dev'essere il Comandante. Fissa il ragazzo con una durezza che è una minaccia, e il ragazzo continua a non rispondere alla domanda di Todaro.

Todaro osserva questo Comandante, un uomo maturo e sodo, dalla pelle stagionata e solcata di rughe. Si porta la mano al cappello e gli chiede se parla italiano anche lui. Quello non risponde al saluto, e alla domanda ribatte con una parola secca, che capisco anch'io: "Dutch". Il suo sguardo è sprezzante, ma Todaro non ci fa caso, anzi, sorride. Guarda verso di me, dice: "Sti qua no i xé miitàri, no stémo qua a meravejàrse." Poi si rivolge di nuovo al collega burbero e lo invita, in italiano, a salire sul *Cappellini*. Quello capisce, perché abbandona la scialuppa, dove regna un silenzio irreale, e sale a bordo. Anche se non è un militare, non può non sapere che Todaro gli sta usando una cortesia immensa, dal momento che ha già infranto il protocollo facendolo salire a bordo, ma non dà a vedere il minimo segno di riconoscenza. Todaro mi ordina di portarlo nel quadrato insieme al ragazzo, e se ne va. Passa in mezzo ai quattro uomini che ha strappato alla morte, passa accanto al corpo senza vita di Stiepovich che è ancora lì vicino al cannone, ordina a due marò di portarlo dentro e sparisce nella garitta.

Io mi rivolgo a Bastino e Cardillo perché mi aiutino a eseguire l'ordine. Ben contenti di allontanarsi dai due negri che hanno appena tirato su, prendono per le braccia il giovane ufficiale e lo spingono verso la garitta. È così diverso dal suo Comandante: malgrado le condizioni pietose in cui si trova ha un'espressione entusiasta che trafigge più del freddo. Mi penso: ara qua un tòso che 'l conosse el vàlore déa vita. Faccio cenno al suo Comandante di precedermi, ma non lo tocco. Lui va, passa accanto ai suoi quattro marinai mezzi assiderati e non li degna di uno sguardo. Passa accanto ai marò che stanno raccogliendo il corpo di Stiepovich e non li vede nemmeno. Scendiamo.

ORE 4.15

Nel quadrato ufficiali sono seduti Todaro e Fraternale da un lato, il Comandante e Reclercq dall'altro, avvolti in pesanti coperte militari. Io sto in piedi alle loro spalle. Il ragazzo non mi preoccupa, ma l'altro non mi piace. Con la mano nella tasca del giubbotto stringo il manico del pugnale che Todaro ci ha dato al momento dell'imbarco. No se sa mai.

Todaro versa due prese di cognac e le offre ai due belgi. Reclercq ringrazia e sorseggia piano, assaporando quel cicchetto per quello che è, un vero e proprio ritorno alla vita. L'altro invece manda giù d'un colpo senza dir nulla. Todaro chiede al ragazzo di tradurre, poi si rivolge al Comandante.

"Come vi chiamate?"

Quello risponde senza bisogno di traduzione: "Vogels."

Éora el capìsse, el vècio: el gà dìto sòeo na paròea e el gà zà contà na bàea... Todaro continua a guardarlo: "Le imbarcazioni che battono bandiera neutrale devono navigare a luci accese. Perché voi navigavate a luci spente?"

Reclercq traduce: "Dringhe dranghe. Dringhete dranghete. Bliven blaven. Blund." La risposta che ottiene è di nuovo una sola parola: "Un guasto."

Todaro annuisce. "Capisco," dice. "E perché ci avete sparato addosso?" Altra traduzione, altro monosillabo di risposta: "La guerra."

La domanda successiva è quella importante: "Cosa trasportavate?" Parché xé tuto là. E stavolta, dopo la traduzione di Reclercq, Vogels non risponde: sostiene lo sguardo di Todaro, a oltranza, e non apre bocca. Todaro e Fraternale si scambiano un'occhiata: quel silenzio è più che sufficiente, vuol dire che non abbiamo affondato una nave neutrale. "D'accordo," taglia corto Todaro, "l'emergenza ora è il salvataggio. Quante scialuppe avete messo in mare?"

Traduzione. Risposta: "Due."

Todaro annuisce di nuovo. Guarda Fraternale. Guarda Reclercq. Guarda me. "A quest'ora gli altri potrebbero già essere tutti morti," dice.

ORE 6.00

Todaro segue Reclercq e Vogels verso la scialuppa. I naufraghi tirati su dal mare, avvolti nelle coperte, ci stanno salendo sopra, inventandosi lo spazio dove stare. Todaro si rivolge a Vogels e Reclercq: "Siete consapevoli che non posso prendervi a bordo, vero?" dice. Reclercq traduce. Annuiscono.

Giggino e il Povero Bicienzo stanno consegnando carne in scatola, latte condensato e gallette ai marinai sulla scialuppa. Sempre tramite la traduzione di Reclercq, Todaro torna a rivolgersi a Vogels: "Avete carte, bussola e compasso?" Le hanno. "Vi sto lasciando viveri e acqua. Siamo a 31° 80' Nord, 31° 30' Ovest. Dove volete arrivare?" A Madera.

Scuro in volto, Todaro scruta l'orizzonte caliginoso e io so cosa pensa, pensa la stessa cosa che penso io: ea scorta inglese i gà sbandonà, no i li ciaparà indrìo. Madera disterà almeno seicento miglia, se non di più. La vedova capricciosa ha di nuovo cambiato umore, il mare si è allungato, si è alzata una brezza gelida che viene da chissà dove. Io e Todaro guardiamo l'orologio nello stesso momento, sono le 6 del mattino. Ormai facciamo tutto insieme, perché di nuovo sono certo che pensiamo la stessa cosa, o meglio, in questo caso, insieme non riusciamo a pensarla. L'atto finale, non riusciamo a concepirlo. Finché la sua voce riempie quel buco con un'enormità, che 'l me àssa a bòca vèrta. "Mantenete la rotta e guadagnate mare," dice. "Recupero l'altra scialuppa e torno per trainarvi. Ve lo prometto."

Reclercq, incredulo quanto me, traduce per Vogels. Poi dice "Grazie," lui, vedendo che il suo Comandante non fiata nemmeno stavolta. I due salgono sulla scialuppa. Le cime si staccano. La scialuppa rolla paurosamente.

27.

RECLERCQ

... in mezzo all'Atlantico, in una scialuppa sfondata che imbarca acqua, guardo a uno a uno i miei compagni e sono tutti molto più vecchi di me, il *Kabalo* non era una nave da guerra, era una nave da carico, il suo equipaggio è composto da marinai con le mani rotte, stanchi, spenti, segnati dal tempo, e ora sembra che siano rassegnati a morire, niente a che vedere col ruggito che si sprigiona dal sommergibile che ci ha affondato, quei giovani italiani invasati, quel Comandante assurdo, giovane anche lui, in pantaloni corti e una corazza di ferro che gli spunta dalla maglia, chiedo a Vogels cosa pensa di lui e mi risponde con un sibilo, non mi piacciono gli uomini con quella barba, dice in fiammingo, era a piedi nudi, dico io, era in mutande, dice lui, sì, era in mutande, dico io, e intanto succhiamo questo latte condensato che si chiama Charleroi come la mia città e poi restiamo muti a tremare, muti e appiccicati, Vogels è un buon lupo di mare ma è rozzo, è di Ostenda, non ha nessuna capacità di tenere su il morale dei suoi uomini, non ci prova nemmeno, e allora ci provo io, merda, provo io a farli ridere, a scaldarli, a Charleroi, dico, in francese, quand'ero piccolo c'era il lattaio che aveva una figlia con due tette enormi, grosse così, mio cugino mi aveva detto che era lei a produrre il latte che suo padre vendeva, e io gli avevo creduto, ma nessuno mi degna di uno sguardo, sembrano tutti paralizzati, aggrappati al fuscello tenero che li tiene in vita, uno solo mi risponde, è Caudron, un omone con gli occhi fuori dalle orbite e una vena violenta in rilievo sulla fronte, mi risponde con sprezzo, in fiammingo, è inutile che racconti storie, Reclercq, dice, i fascisti non torneranno a prenderci, e tu come fai a saperlo?, dico io, perché sono dei porci fascisti, dice lui, e allora perché non ci hanno lasciati in mare e basta?, gli dico, perché soccorrerci, dirci quelle parole?, ma lui non ascolta, tu credi ai fascisti, Reclercq, lo ripete due volte e si alza senza aspettare la mia risposta, sdegnato, e si infila con violenza nel muro di carne che riempie la scialuppa, ci passa attraverso come fosse un sipario, per spostarsi dall'altra parte, a poppa, mentre la notte comincia a rischiararsi e lentamente diventa aurora, e allora io parlo di nuovo a Vogels, cerco di provocarlo, gli inglesi sono spariti, dico, trasportavamo i loro aerei, siamo stati presi a cannonate per loro, e loro ci lasciano qua, dico, per loro noi non contiamo nulla, ma Vogels nemmeno si volta, strizza impercettibilmente gli occhi e questo è tutto quel che riesco a provocare ma io insisto, al porto, dico, prima di salpare, ho sentito che stiamo per entrare in guerra dal loro lato, e io lo spero proprio, dico, altrimenti per quale altro motivo al mondo stavamo trasportando i loro aerei, e stavolta Vogels una reazione ce l'ha, si volta verso di me e mi guarda, e io posso vedere la carta geografica delle rughe sulla sua faccia, i suoi occhi a spillo, il moccio al naso, è finita, Reclercq, dice, fatti l'ultima sega pensando alla figlia del lattaio e riposa in pace, ma io non voglio mollare e gli dico che credo al Comandante italiano in mutande, sì, io ci credo che tornerà a prenderci, e lui alza appena il sopracciglio, e io insisto, l'ho guardato negli occhi, dico, non è uno normale, e lui risponde questo è sicuro, e oramai è mezzogiorno, o forse no, è ancora mattina presto, o forse è già pomeriggio, non saprei dire, il sole non c'è, è tutto grigio, mare e cielo un blocco unico colore del piombo, e freddo, e sale incrostato addosso, e io mi invento un'altra cosa per non mollare, faccio l'appello, come a scuola, col filo di voce che mi è rimasto, per capire se qualcuno è morto, per dare a chi non è morto la prova di essere vivo, per darla a me stesso, Hendry, Dost, Lammens, Van Der Brempt, Rits, Caudron, Heynen, Dessoleil, Mbamba, Von Wettern, ma prima di tutto è un appello incompleto, perché io non ricordo i nomi di tutti, e poi quasi nessuno mi risponde, dal che dovrei dedurre che sono quasi tutti morti, ma invece sono vivi, li vedo, sono qui, davanti a me, stretti gli uni agli altri come pinguini, solo che non mi ascoltano, non mi sentono nemmeno, Dost sta buttando in mare l'ultima scatola vuota di biscotti, il vecchio Van der Brempt non ha più acqua nella borraccia, Hendry si fa il segno della croce e prega, Rits si è pisciato addosso, si sente dall'odore, solo Lammens e Mbamba stanno al gioco e rispondono presente, solo loro due, poi ci sono quelli che non rispondono perché sono saliti sull'altra scialuppa e chissà che fine hanno fatto, una confezione di latte condensato affonda lentamente nell'Oceano, è così facile pensare, ora, che siano finiti così, e che ci finiremo anche noi, è così inevitabile...

28.

POMA

A mia 'u passamuntagna m'arrasca a peddi e nun mu mettu mai, e ora l'aiu misu sulu iò. 'U sannu tutti 'u picchì: picchì iò sugnu cà, additta supra 'sta cuperta, e 'u Tenenti Stiepovich eni mortu, ammugghiatu 'nta bannera. Muriu au postu miu. 'U Cumannanti 'u sapi comu mi sentu, quannu c'adumannai si putia essiri iò a pigghiari 'u corpu 'nsemmula cu Diritturi di tiru, pi falla sciddicari 'nto mari, nun mi dissi no Poma tu hai 'a manu rutta: mi dissi di sì, e m'abbrazzò, propria comu abbrazzava au Tenenti. Chiddu, 'u Cumannanti chi ora accumpagna a cerimonia chi so paroli.

"Per i sommergibilisti non ci sono lapidi dedicate o croci manufatte. Al Tenente di vascello Danilo Stiepovich, italiano, morto da eroe, offriamo il nostro pianto interiore e una croce di corallo. Lo stesso corallo che amava pescare un altro eroe, il marinaio Motorista Vincenzo Stumpo, corallaro di Torre del Greco, cui anche va il nostro saluto commosso."

'U Cumannanti scatta 'nto salutu militari, e nuàutri puru scattamu. 'Nto silenziu si senti sulu 'u mari ca pari dari timpulati, iò e 'u Diritturi di tiru isamu 'u corpo ammugghiatu du tricolore e u tinemu accussì, iautu, in offerta a Nostru Signuri. A forza pi fallu nun mi manca ma a manu rutta mi scatina un duluri tirribili, chi eni propria chiddu chi vulia, accussì pozzu chianciri comu mi pari.

E ora tocca au Secunnu Ufficiali, chi eni cristiano chiù cristiano di tuttu l'equipaggio, 'nzemmula a mia, di leggiri a *Preghiera du marinaio*, "scritta da Antonio Fogazzaro", dici, chi iò nun saccio mancu cu è picchì haiu a quinta elementari, ma è un grann'omu puru iddu.

"A Te, o grande eterno Iddio, Signore del cielo e dell'abisso, cui obbediscono i venti e le onde, noi, uomini di mare e di guerra, Ufficiali e Marinai d'Italia, da questa sacra nave armata della Patria leviamo i cuori. Salva ed esalta, nella Tua fede, o gran Dio, la nostra Nazione. Da' giusta gloria e potenza alla nostra bandiera, comanda che la tempesta e i flutti servano a lei; poni sul nemico il terrore di lei; fa' che per sempre la cingano in difesa petti di ferro, più forti del ferro che cinge questa nave, a lei per sempre dona vittoria. Benedici, o Signore, le nostre case lontane, le care genti. Benedici nella cadente notte il riposo del popolo, benedici noi che, per esso, vegliamo in armi sul mare. Benedici!"

Iò e 'u Diritturi di tiru facemu sciddicari duci 'nto mari 'u corpu du Tenenti Stiepovich ammugghiatu 'nta bannera. Duci significa ancora chiù duluri 'nta manu, pi mia, puru si tutti 'u sannu picchì chiànciu sugghiuzzi 'nto passamontagna.

Giggino, 'u cuoco, rumpi 'u salutu pi jittari 'u violino du Tenenti Stiepovich arreri a iddu.

'U corpu sparisci subitu, agghiuttùtu du mari. 'U violinu p'affunnari ci metti chiù tempu, picchì s'avi a ìnchiri d'acqua. 'A summa, sbattuliata di l'unna du mari comu un stecchino, c'arresta sulu 'a bacchetta pi sunari, chidda cu i pila di cavaddu, nun 'u sacciu comu si chiama.

RECLERCQ

... e invece no, noi non faremo quella fine, perché il silenzio dell'oceano è rotto da un rumore sopravvento, sempre più forte, ed ecco il naso nero del sommergibile italiano che ci viene incontro, da dritta, e il rumore dei motori diventa assordante, ma poi si placa e il sommergibile accosta e i marinai italiani ci lanciano delle cime e davanti a loro quel Comandante in piedi sulla prua, con il megafono in mano.

"Tenente Reclercq," dice a me, "traducete per i vostri connazionali, per favore," e io mi alzo in piedi, "i naufraghi della seconda scialuppa sono stati tratti in salvo stanotte da un piroscafo con bandiera di Panama," dice, e io traduco, "altre imbarcazioni in zona non ce ne sono," dice, e io traduco, "assicurate bene le cime alla scialuppa, vi traineremo in direzione di Santa Maria delle Azzorre, tenete duro e tutto andrà bene," dice, e io traduco, e i miei compagni esultano, increduli, rinvigoriti dalla possibilità di sopravvivere, e legano le cime alle bitte della scialuppa. In trenta secondi quest'uomo ci ha dato più speranza del nostro comandante in dodici ore, aveva detto che tornava ed è tornato, in mezzo all'Atlantico, e il sommergibile riparte trainandoci, fila a pelo d'acqua e noi attaccati dietro, il mare strapazza entrambi ma il sommergibile resiste bene mentre la nostra scialuppa sembra sempre lì lì per sgretolarsi, noi beviamo acqua di mare, tossiamo e sgottiamo ma siamo ancora vivi, e comincia un'altra notte, nera, fredda, livida, opaca.

D'un tratto una bitta si rompe, sfinita dal traino che dura da ore, salta via, e la cima frusta il volto di Heynen e vola in mare, io e Vogels ci guardiamo perché sappiamo cosa sta per succedere, e infatti in pochi secondi per il sovraccarico causato da quella rottura cedono di schianto anche le altre bitte, tutte insieme, altre frustate in faccia, altre cime in mare, ci mettiamo a gridare ma le grida le sentiamo solo noi, il sommergibile si allontana rombando, è già lontano, è già un rumore che svanisce, è già invisibile, e noi ci guardiamo, sperduti, alla ricerca di una rivelazione, di un miracolo, e lo sguardo di Caudron fiammeggia contro di me.

"Faremo come le bitte," dice, cianotico, "dopo che il primo avrà ceduto moriremo tutti, tutti insieme," dice, a me, come se fosse colpa mia.

Il tempo passa, e ne passa tanto, e ne passa troppo, e Vogels mi guarda, non parla da ore ma ora parla, a me: "Credi ancora a quell'italiano in mutande?" mi chiede, aggressivo, anche lui come se fosse colpa mia, ma credere non è una colpa e allora "Sì," gli rispondo, "l'ho visto in faccia e gli credo," dico, "credere non è una colpa," dico, è una preghiera, una preghiera esaudita perché il rumore ritorna, ecco, il sommergibile ritorna, la salvezza ritorna, e se prima era colpa mia allora adesso è merito mio, ecco che accosta, ecco che lancia altre cime, con le bitte saltate le leghiamo alle sedute, al gavone di poppa, agli scalmi, e ripartiamo appresso al sommergibile, e Caudron evita il mio sguardo, adesso, e Vogels sta muto, ma la scialuppa s'inclina, è legata male, imbarca acqua, s'ingavona, e torna l'alba, e torna il giorno, e quanto tempo è passato nessuno lo sa, e il povero legno geme a ogni onda, piange a ogni frustata delle cime, il povero legno sfinito che non ce la fa più a salvarci e che di colpo si spappola, non si schianta ma piuttosto si dissolve e finisce a pezzi, e i pezzi finiscono in acqua insieme alle cime, e gli italiani si allontanano, spariscono di nuovo nella caligine, e noi siamo di nuovo soli in mezzo all'oceano, e allora non c'è più speranza, gli italiani non possono prenderci a bordo e noi non possiamo più navigare, e allora è finita, abbiamo resistito, abbiamo creduto, ma è finita, nessuno ha più la forza di resistere, di reagire, nemmeno io, siamo statue di sale, siamo anime in penitenza, questo abisso d'acqua ci conosce, adesso, e ci chiama per nome, eccolo, l'appello, Hendry, Dost, Lammens, Van Der Brempt, Rits, Vogels, Reclerq, e tutti rispondiamo presente, senza più voce, senza più respiro, abbiamo resistito ma adesso dobbiamo spegnerci, dobbiamo accettare la morte, adesso la vogliamo addirittura, la morte, perché sarà un sollievo, chiuderemo gli occhi e smetteremo di soffrire, e moriremo qui, senza sapere dove, senza una tomba, senza una lapide, e le nostre povere ossa saranno rosicchiate dai pesci, e non torneremo polvere come sta scritto, ci dissolveremo, piuttosto, anche noi come questo legno...

E invece no.

Tra le onde che già ci inghiottivano spunta di nuovo il muso del sommergibile italiano con dritto sul ponte il suo Capitano. Questo titano ha deciso di prenderci a bordo con sé. Ha promesso, mantiene. Il suo battello sembra un ago, dove avrà il coraggio di sistemarci?

30.

TODARO

Attenzione, qui è il comandante che vi parla. Ascoltatemi bene. In questo momento non mi rivolgo ai militari, ma agli uomini. E non a uomini qualunque ma a uomini di mare. Lo so, molti di voi non sono preparati a questo: va bene cannoneggiare in emersione, rischiare la vita per combattere il nemico – ci siamo arruolati con questa idea di sacrificio, no? Ma esporci agli aerei in bella mostra per salvare degli sconosciuti che sotto la facciata della neutralità trasportavano probabilmente materiale bellico per gli inglesi, perché?

E non si tratta solo di salvarli, si tratta di sacrificarsi e di spingerci al limite dell'umana sopportazione per portarli a terra. Prego il Tenente Reclercq di tradurre queste parole: tutti devono essere coscienti.

Ci troviamo a 310 miglia da Santa Maria delle Azzorre, che è il porto sicuro più vicino, dove siamo diretti per sbarcare i naufraghi come prescritto dai regolamenti della navigazione. Poiché siamo in sovraccarico, non potremo tenere una velocità superiore ai 6-7 nodi, il che significa che dovremo convivere in questa situazione per circa 48 ore. Voglio chiarire bene una cosa: aver preso a bordo i naufraghi del *Kabalo* significa infrangere le regole che mi sono state date: di questo sono pienamente consapevole e di questo mi assumo tutta la responsabilità. Se al nostro ritorno le mie decisioni non verranno apprezzate, che mi rimuovano dal comando: ma qui, ora, la mia decisione è presa, ed è irremovibile. Noi affondiamo il ferro nemico, senza paura e senza pietà, ma l'uomo, l'uomo lo salviamo! Caporal Maggiore Magnifico, se riesci a districarti tra tutti questi corpi, distribuisci qualche presa di cognac a chi ne ha più bisogno, per favore.

In questi due giorni faremo così: i tre feriti rimarranno nel quadrato ufficiali, dove sono già sistemati. Tre di noi si avvicenderanno ad assisterli.

Io dividerò la mia cabina col Comandante Vogels e il Capitano Fraternale farà altrettanto col Tenente Reclercq.

Un gruppo lo sistemeremo nel quadrato sottufficiali e un altro nelle cuccette calde, ma pur con tutte queste cortesie da parte nostra – spero che stia traducendo, Tenente Reclercq –, lo sforzo più duro spetterà comunque ai nostri ospiti.

In una mezza dozzina potranno stare, molto scomodi, nel magazzino cordami...

Tre, ancora più scomodi, nel bagno di riserva, che tanto è rotto...

Cinque in cucina, in piedi, per forza.

Ma gli altri che rimangono dovranno stare in torretta, perché non c'è altro posto. Il luogo è atroce e si riempie d'acqua anche navigando in superficie.

Con l'aiuto del Comandante Vogels verranno disposte rotazioni ogni tre ore, affinché il sacrificio sia equamente distribuito. Sia chiaro a tutti che, in caso di attacco nemico, questa imbarcazione dovrà immergersi, a protezione dell'intero equipaggio. Se si dovesse verificare una tale circostanza, per gli uomini in torretta non vi sarà possibilità di salvezza.

Le parole con cui desidero chiudere questa comunicazione non sono mie, ma dell'Imperatore del Giappone Mutsuhito.

Furono pronunciate all'inizio della guerra russo-giapponese del 1904: "Che la vita continui normalmente. Che ognuno faccia quel che deve."

I giapponesi la vinsero facilmente, quella guerra.

È tutto.

31.

MARCON

17 OTTOBRE 1940
ORE 12.00
280 MIGLIA DA SANTA MARIA DELLE AZZORRE

L'odore qua dentro è cambiato. Siamo in settantacinque, adesso. C'è odore di macelleria, di sale, di sudore. Quello di olio motore è molto meno forte.

Vogels riposa nella cuccetta di Todaro. Reclercq in quella di Fraternale. Giggino e il Povero Bicienzo lavano le stoviglie muovendosi a malapena nella cambusa piena di gente.

La coda interminabile per usare l'unico gabinetto.

I disgraziati stipati in torretta, infradiciati dagli schizzi.

Il cambio delle postazioni.

Il sommergibile taglia le onde dell'Atlantico sotto un cielo di piombo.

17 OTTOBRE 1940
ORE 21.00
220 MIGLIA DA SANTA MARIA DELLE AZZORRE

Giggino cucina mentre fuori è scesa un'altra notte. Onde alte, cattive. Todaro è tranquillo. In questo momento sta parlando col Tenente Reclerq. Sento tutto attraverso la paratia.

"Come mai conoscete così bene l'italiano?"

"Sono laureato in lettere classiche, conosco il greco antico, il latino e l'italiano."

"Davvero conoscete il greco antico?"

"Sono uno dei sette virtuosi belgi, traduco senza vocabolario."

"Oh. E come siete finito sulle navi?"

"È una storia lunga..."

Uno dei sette virtuosi belgi: chissà cosa vuole dire. Todaro gli offre da fumare, si allontanano.

18 OTTOBRE 1940
ORE 1.15
190 MIGLIA DA SANTA MARIA DELLE AZZORRE

Mi prendo un po' di riposo in cuccetta tra i sottufficiali. Non ho dormito la notte scorsa e non ho dormito per tutto il giorno, ero troppo preoccupato per i ragazzi, smarriti e inquieti. Todaro ha immaginato in loro un'apertura mentale che molti non hanno. Dividere il poco spazio vitale con i nemici, trattarli da pari a pari, anzi, riservare loro tutti i riguardi che spettano al naufrago: non erano pronti, e i loro nervi sono scoperti, perché per loro questi sono nemici: ci hanno sparato addosso, hanno ammazzato Stiepovich. Malgrado il discorso che Salvatore ha fatto all'interfono in tanti non riescono proprio a concepire di sacrificarsi per salvarli.

18 OTTOBRE 1940
ORE 6.00
165 MIGLIA DA SANTA MARIA DELLE AZZORRE

Vogels mangia. Un naufrago vomita. La coda per il cesso è un purgatorio. Il cognac è finito. Dovunque si posi l'occhio sono corpi su corpi. Non solo non si distinguono più gli italiani dai belgi, non si distingue più dove comincia un corpo e finisce l'altro. Le gavette con il vitto passano di mano in mano. Il giorno e la notte si confondono. I marò sfiniti dormono in piedi, come i cavalli, uno seduto sul cesso rotto, gli altri appoggiati ai compagni. I naufraghi compressi nel magazzino cordami sudano e boccheggiano, il *Cappellini* vive di un unico respiro malato. Continua a procedere in superficie, visibile, indifeso. Tutti siamo in allarme, le vedette che scrutano il cielo, Minniti all'idrofono, Schiassi alla radio, tutti pensiamo un'unica cosa: se gli inglesi ci vedono e noi non ci immergiamo ci affondano senza pensarci due volte. Ma immergerci non possiamo per via dei naufraghi stipati in torretta.

Todaro è in cabina a torso nudo, col busto luccicante, seduto in posizione yoga, con gli occhi chiusi. L'unico che appare sereno è lui.

32.

CAUDRON

Io mi sento forte, anche adesso, audace, insofferente. Attorno a me, la melassa dei corpi allo stremo. Italiani e belgi, impossibile distinguerli se non dalla parola. Ma io gli italiani li odio. Odio i fascisti, e gli italiani sono fascisti. Qui dove mi hanno messo, in questa latrina rotta, nel fitto dei corpi come neanche le bestie, incrocio un paio d'occhi noti, li interrogo, li eccito. Sono gli occhi di Von Wettern, un altro che i fascisti li odia a morte, perché ha la moglie ebrea.

"Questi porci fascisti figli di troia," dico, "diamogli quello che si meritano." Tanto gli italiani non capiscono, sono pezzi di carne che la nostra lingua attraversa senza trovare resistenza.

Von Wettern è più alto di me, ha due mani che sembrano badili. "Io a queste merde fasciste gli posso rompere l'osso del collo," dice. "Sono dei degenerati molli."

"Figli di una gran troia fascista," ribatto, e però mi accorgo che queste merde qualcosa capiscono, perché la parola "fascista" si riconosce in ogni lingua.

I due che abbiamo vicino, che poi sono così vicini da non capire nemmeno dove finiamo noi e cominciano loro, si stanno guardando strano, cominciano a insospettirsi. Non possiamo perdere altro tempo, dobbiamo agire. Fomento Von Wettern con un grido: "A poppa! Al generatore!" E mi butto in questo muro di carne, mi faccio largo, lo attraverso a testate. I fascisti non se l'aspettavano, non capiscono, non riescono a reagire.

Von Wettern è una macchina: spacca nasi, torce colli.

33.

CESARI

'Sta roba u n s capèss da bon, non si capisce davvero. Non si spiega, forse siam tutti stracchi ma 'sti do bastianàz i gli ha fata a arvé iqué, sono riusciti ad arrivare fin qui. Masati, i n'a trov nisùn te mèz. E anche noi, qui, mè, Negri, Felici, Zuccaro, avem pinsé na masa a to una decisióun, mentre i due forestieri si avventavano sul generatore, invasati, a strappare fili per fare non so che roba. La cabina l'è tòta pìna, u i è e generadóur. È il cuore del sommergibile, se fai casino lì, poche pugnette, ló e va zò, affondato. Alòra, avevamo i curtèl, e glieli abbiam puntati tla fàza. Lòr i si è caghè m'adòss e si son bloccati. Ah, adèss avì paura, boia ad caz? Perché non ringraziate, adèss, che vi abbiam salvato la vita? A sem in quatri, li teniamo, i n'a pèsa ma noi siamo armati. Li teniamo, sono nostri, ma Zuccaro e Felici sanguinano te nès: mè, a so màt, da bon, a so ad Rèmin, io son matto, a Rimini mi conoscono tutti. Invece chiamo gli ufficiali, faccio il bravo, chiamo il Comandante, isè u s fa! Ló l'arìva sòbit, arriva subito, assieme al Capo Nocchiere, al Secondo Ufficiale e a Mancini, il nostro capo. Ci sono anche altri ufficiali, la m' pèra na prucisióun, ma non ci stanno nella cabina. Il Cannoniere Mulargia si intrufola, lui ci sta, l'è znìn. Mè e Felici teniamo i curtèl alla gola di 'sti dò vis ad caz, Negri e Zuccaro li schiacciano contro il generadóur. Quant'è tl'ultmi hanno smesso di far casino e l'è mej isè, è meglio così, ché sennò e va a fnì che mè a i caz na curtlèda enca se u i è e Comandant, sbat e caz. Un di dò, quèl sla tèsta com na mazòla, guèrda e Comandant e urla non so cosa, na ròba com "fascist". Adèss e Comandant u i romp e cul, penso, adesso il Comandante gli rompe il culo, ma lui lo ignora e dmanda mu mè: "Hanno fatto danni seri?" Gli rispondo che han cavato na màsa ad fìl ma non lo so ancora quanti danni, da bòn. E Comandant fa sé sla testa, sal mèni tal mèni, pò càza na gumitèda tla pènza di un di chi dò vis ad caz, caccia una gomitata in pancia a uno dei due stronzi. Il Cannoniere Mulargia, sé curtèl tal mèni, è il primo a chiedere quello che vogliamo tutti: "Che dite, Comandante, li buttiamo in mare?" Il Comandante alza la mano, è pareva ch' è dgiva ad stè bon. Nà! U i vliva mnè, gli voleva menare.

34.

TODARO

Rina carissima, oggi ho avuto pietà. Dopo Stumpo e Stiepovich non avevo nessuna voglia di lasciare al mare altri corpi, perciò a quei due esaltati che si sono ribellati, anziché ciò che spetta agli ammutinati ho dato la punizione dei padri. Ho mollato al primo uno schiaffo così forte che l'ho sbattuto per terra, poi col rovescio della mano ne ho lasciato andare uno anche all'altro, quello più grosso, che è rimasto su. E tuttavia, per quanta forza abbia messo in quegli schiaffi, quella forza era poco, in confronto a ciò che meritavano.

Sapevo, Rina mia, che parte dell'equipaggio non approva la mia decisione di salvare i naufraghi e prova insofferenza per loro, se non addirittura malanimo: ed ecco che sprecavo l'occasione di recuperare la fiducia di tutti restituendo i due ingrati al mare al quale li avevamo strappati. Ma li ho guardati negli occhi, Rina mia, e in quegli occhi c'era il dolore della follia. Ho avuto pietà.

Ho mandato a chiamare i due ufficiali del *Kabalo*, mi sono assicurato che il giovane traducesse per l'altro e per tutti i belgi che si impastavano con i miei marò, e ho ordinato a tutti, italiani e belgi, di dare uno schiaffo a quelle latrine d'uomini che avevano messo a rischio la vita di tutti. Non li buttiamo a mare, ho detto, ma li riempiamo di schiaffi, la punizione dei padri. Tanti di quegli schiaffi, ho detto, che al confronto la memoria del naufragio sarà dolce. Ma per quanta enfasi potessi mettere nelle mie parole, Rina cara, la mia era pietà e pietà rimaneva, e i miei guerrieri questo l'hanno capito al volo. Così, quelli che erano scontenti, scontenti sono rimasti.

Questo però riguarda le parole. Poi c'è l'atto, mia cara Rina, e attraverso l'atto spero di avere recuperato un po' della loro fiducia.

Per primo mi sono rivolto al comandante del *Kabalo*. Un uomo laconico e rozzo, esattamente come ti immagini debba essere un capitano di mercantile belga: tutto il contrario del suo secondo che invece è un ragazzo gentile, istruito e loquace. Per primo mi sono rivolto al Comandante, dunque, che si chiama Vogels e che mi è stato di grande aiuto, perché di pietà per i suoi uomini non ne ha mostrata neanche un po'. Non ha esitato, si è avvicinato al primo e gli ha assestato uno schiaffo di una forza impressionante. Subito dopo ha fatto lo stesso con l'altro, ma poi ha ricominciato col primo, e poi di nuovo il secondo, ringhiando, lui così taciturno, parole piene di rabbia in lingua fiamminga. Il giovane Tenente me le ha tradotte: "Tre volte!" gridava. "Tre volte questi uomini sono venuti a salvarci! Tre volte!" Sembrava che avesse perso il controllo, ma dopo avere mollato a entrambi il terzo sganassone si è fatto da parte per lasciare il posto agli altri.

Uno alla volta, come fosse una liturgia, decine di schiaffi si sono abbattuti su quelle facce, che si sono segnate sempre di più, mondando col sangue la nefandezza del loro comportamento. E in fondo era davvero una liturgia, Rina cara, perché quel sangue era la mia pietà, ma il fatto che tutti contribuissero a versarlo lo faceva diventare la pietà di tutti. Così, l'atto disumano che non è stato compiuto quando era un ordine di guerra non è stato compiuto nemmeno quando quei due rinnegati se lo sarebbero meritato.

35.

MARCON

18 OTTOBRE 1940
ORE 8.30
150 MIGLIA DA SANTA MARIA DELLE AZZORRE

Todaro sta compilando il diario di bordo. Io sono accanto a lui, nella sua cabina. Il suo resoconto è stringato, non menziona il tentativo di ammutinamento. È il primo momento da due giorni che siamo soli, con una porta chiusa a separarci dal carnaio che siamo diventati. Ne approfitto per parlargli, perché sono preoccupato, ma lo faccio in dialetto, perché c'è gente appiccicata alla paratia, lì fuori, e attraverso questi fogli di acciaio si sente tutto. "No te ghè scrìto ea ròba più importante, Salvatór," gli dico. "Fai il bene e scordatelo," risponde, in italiano. "Sì ma i tosi xé spiritai," dico io. "I fà un sacrìfisio gràndo e sti strònsi i sérca de copàrli." Todaro solleva gli occhi dal diario e me li pianta addosso. "Non tutti, Vittorio. *Due* stronzi. Due stronzi psicopatici. Hai visto anche tu con quanta forza li ha picchiati il loro Comandante. E hai visto quando li abbiamo portati in torretta, così gonfi di botte com'erano, con che disprezzo li guardavano i loro compagni che gli lasciavano il posto."

Continua a parlare in italiano perché evidentemente non teme che qualcuno da fuori possa sentirci, anzi magari se lo augura. Io però continuo in veneziano. "Pàr tanto, vùto 'ndare vànti con sta matàna, anca dopo quel che zé capità?" "Sì," risponde, netto. "Voglio sbarcare i naufraghi nel porto sicuro più vicino." Parla con la calma di sempre, come se non sapesse qual è il problema, o non se lo ponesse. "E se incontrémo i inglesi? Se se i catémo davanti, vùto continuar a navegàr in emersiòn?" "Sì. Se ci immergiamo, in torretta affogano come topi, e trasformiamo questo battello in un cimitero." "E se no se bùtemo drénto, i ne fònda iòri." "Non lo faranno." Non c'è verso di farlo vacillare: calmo, tende la mano e accarezza le cicatrici sul mio volto bombardato. "Fìdate de mi," dice. Io uso il dialetto per precauzione, lui per dimostrarmi affetto: ecco la differenza. Poi però mi fa cenno di tacere con la mano, fa due passi silenziosi per arrivare alla porta della cabina e la apre di scatto. Dall'altra parte c'è il Cannoniere Mulargia, sorpreso mentre stava origliando. La sua espressione è strana, congestionata. Todaro non ci bada, sorride.

"Fidatevi tutti di me," gli dice.

36.

MULARGIA

Origliare origliavo. Ma ero andato lì per uno scopo, non per origliare. Prima di bussare però non ho potuto fare a meno di fermarmi un minuto ad ascoltare cosa si dicevano il Comandante e il Capo Nocchiere, che sono tanto amici. Anzi cosa diceva il Comandante, dato che Marcon parlava in dialetto e io non lo capivo. Forse due minuti, con l'orecchio appoggiato alla porta, che tanto lì fuori c'era una calca tale che nessuno se ne accorgeva. Non avevo calcolato che il Comandante è il mago Bakù, e sono stato scoperto come un pollo. Il Comandante però non mi ha rimproverato, e così ho trovato il coraggio di far finta di niente. "Comandante," gli ho detto, "potete seguirmi fuori un momento, per favore?" Il "tu" non sono ancora riuscito a darglielo: quando mi viene in mente che ho questo privilegio è sempre troppo tardi, perché gli ho già dato del voi. Lui non mi ha chiesto nulla, ha fatto sì con il capo e siamo partiti insieme, io davanti e lui dietro, a tagliare il muro di uomini che tappa ogni spazio del *Cappellini*. Abbiamo salito la scaletta e siamo sbucati fuori. Aveva appena fatto giorno, faceva freddo. "Allora?" mi ha chiesto. "Che c'è?" Dalla garitta è sbucato anche il Nocchiere, e io preferivo di no. "Le vedette dicono che ci sono navi inglesi di prua," gli ho detto.

"Sicuro che siano inglesi?" chiede il Comandante, "le hai viste, tu?" Gli rispondo che no, io non le ho viste, mi hanno solo mandato ad avvertirlo, e ho pensato di farlo con discrezione, perché avrei un'idea che vorrei sottoporre al suo... Ma il Comandante non mi ascolta più, è già balzato sulla scala, sta entrando nella falsa torre, dove lo spazio è completamente occupato dai naufraghi e dalle due vedette, più Morandi e Siragusa. Restare con lui è un vero problema: il Nocchiere rinuncia ma io riesco a infilarmi, sfiorando i volti tumefatti dei due ammutinati che abbiamo pestato di botte: sono le loro vite salvate che rendono invivibile questo spazio.

Il Comandante è accanto a Morandi. Attraverso la feritoia la vedetta gli mostra un punto all'orizzonte che io non riesco a vedere. Il Comandante si mette a guardare col binocolo. "Sono inglesi, no?" chiede Morandi. In quel momento da una delle navi parte una cannonata. È ancora molto lontana, e il colpo si perde a mezza via.

"Sono inglesi," dice il Comandante, e sguscia via. Di nuovo, per uscire, dobbiamo strusciarc contro i corpi dei due ribelli, sfiorare il loro sangue incrostato di moccico e di sudore, bruciare i loro sguardi umiliati. Una volta fuori, sul ponte, il Nocchiere non c'è più. Senza pensarci due volte prendo il Comandante per una spalla e lo blocco, per dirgli la mia idea. Non è il momento migliore, mi rendo conto, ma una seconda cannonata, sempre corta, dimostra che il tempo non posso sceglierlo io. "Comandante, ascoltatemi," dico, "se i belgi in torretta morissero tutti non ci sarebbe più il problema, giusto? Potremmo immergerci." Mi guarda strano, non ha capito. "I morti non affogano," aggiungo, e per essere più chiaro faccio il gesto della gola tagliata con il pollice.

Sbagliato.

Il suo sguardo inorridisce. Non è così che dovevo dirglielo, maledetto me: dovevo spiegare, con dolcezza, dimostrare. Dovevo fargli capire che nella mia idea c'è meno violenza di quello che sembra, sicuramente molta meno che in un sommergibile con settantacinque persone a bordo che viene affondato a cannonate. Ma ho avuto paura, l'ho detto in un modo che è suonato tremendo anche a me, e lui non mi risponde nemmeno: si volta e infila nella garitta. Eppure è l'unica soluzione che c'è...

37.

MARCON

18 OTTOBRE 1940
ORE 9.40

Ecco Todaro che ricompare in camera di manovra. Ormai sappiamo tutti che abbiamo davanti un convoglio inglese. Le cannonate si sentono benissimo ma lui è calmo, imperterrito. Arriva anche Mulargia, che da un po' gli sta appiccicato come fosse il suo attendente. Fraternale è disorientato, tutti lo siamo, ma lui è il Secondo Ufficiale e tocca a lui parlare. Si fa coraggio, dice: "Dobbiamo immergerci, Comandante." Ma Todaro lo ignora e rivolge al timoniere l'ordine di rallentare fino a tre nodi. Fraternale allora prova a insistere: "Per l'amor di Dio, Comandante, immergiamoci!" Ma non è nemmeno in grado di sostenere il suo sguardo, quando Todaro glielo punta addosso. "No," risponde, categorico. "Aspettiamo." Fraternale ora guarda me. Anche gli altri ufficiali, Gabrielli, Bursich, Pace, Lesen, guardano me. Dato il loro grado, quello sguardo dovrebbe essere un ordine, ma io di ordini me ne intendo, ne ho ricevuti milioni, e questi non lo sono: sono preghiere, anzi suppliche. Diglielo tu, Marcon, che sei stato ferito insieme a lui (lo credono tutti, qui dentro, anche se non è vero) e sei suo amico, ed entri ed esci dalla sua cabina, e gli parli in dialetto che noi non capiamo niente, diglielo tu, Marcon, ti supplichiamo, che non vogliamo morire. Ma non c'è bisogno di supplicarmi, parché gnanca mì vojo morir. "Ma còxa, spetémo?" protesto, "che niàltri rivémo a tiro? Che i inglesi ì ne méta na bomba in pança? Liberémose de sta xénte, Salvatór! Ì gà çercà de sabotar el batèlo! I gavemo salvà e ì ne voleva far fuòra!"

Todaro, pur colpito dal mio ardore, perché intendo tenergli testa e lui lo capisce, non cambia né lingua né idea. "No. Diremo agli inglesi che trasportiamo i naufraghi. Ci lasceranno passare." Così dicendo, lascia la postazione, fendendo il muro di corpi che si ammassa subito fuori dalla camera di manovra. È ancora calmo, padrone di sé. Io gli vado dietro, continuando a protestare: "Ma i no ne crederà, Salvatór!"

"Ci crederanno."

"Ma perché i dovarìa crederne?"

Arrivati alla postazione di Schiassi si ferma e mi fa l'onore di rispondermi in dialetto: "Perché xé ea verità."

"E inveçe no, no ì ne crederà mai!" ribatto, "ì xé drìo sbaràrne indòso!"

"Ì ne sbara indòso perché no ì sa. Dès ì savrà." Poi si rivolge a Schiassi: "Dai a me." Il Marconista si toglie le cuffie e gliele passa insieme al microfono, nel quale Todaro comincia immediatamente a parlare: "Qui Comandante Salvatore Todaro del sommergibile *Cappellini*, Regia Marina Italiana. Stiamo trasportando...", ma io lo interrompo, oso fare questo, perché le cannonate sono sempre più vicine e ho l'impressione che Todaro sia impazzito. "Ma còxa ti te fa, ti ghe parli in taglià̀n?" grido. Poi indico Schiassi: "Fà parlar élo, almànco, el sa 'l inglès!"

Ma Todaro non è affatto impazzito, siamo noialtri semmai, tutti, che stiamo per impazzire di paura. Lui non è impazzito e ha ancora la calma, la pazienza e il riguardo di rispondermi, anziché mettermi agli arresti. "Ì capixe benìsimo el tagliàn, Vitòrio. Gavemo da far parlàr i sardi in dialèto pàr no farse intènder!"

E proprio mentre Todaro menziona i dispacci in lingua sarda, mi accorgo che Mulargia ci ha seguiti di nuovo. Eccolo qui accanto, con la fascia bianca sulla fronte, che mi guarda e sorride, chissà perché, dato che le cannonate inglesi sono sempre più forti e tra poco ci colpiranno. Todaro ha ricominciato a parlare alla radio: "Qui il Comandante Salvatore Todaro del sommergibile *Cappellini*, Regia Marina Italiana. Stiamo trasportando i ventisei naufraghi del piroscafo belga *Kabalo*, che abbiamo affondato tre giorni fa in posizione 31° 80' Nord 31° 36' Ovest. Chiediamo il cessate il fuoco per poter sbarcare i naufraghi a Santa Maria delle Azzorre, dove prevediamo di arrivare..."

Stavolta è Mulargia a interromperlo, sempre con quel sorriso assurdo stampato in faccia, così in contrasto con la concitazione del momento. "Signor Comandante, non preoccupatevi," dice. "Risolvo io." L'espressione di Todaro si allarma di colpo, mentre il Cannoniere schizza via come un topo e sparisce tra i corpi accalcati. Todaro gli grida dietro: "Dove vai, Mulargia?" Nessuna risposta. "Càn del porco!" impreca. "Fermate le macchine!", e scatta all'inseguimento del Cannoniere sotto lo sguardo stupito di tutti, mentre il suo ordine viene ribattuto fino a raggiungere il Direttore di macchina, e i motori del *Cappellini* si fermano.

38.

MULARGIA

Il pugnale tra i denti come Kammamuri, salgo la scaletta che porta all'esterno. Posso farcela: agile sono agile, devo essere più veloce che posso. Da sotto, come dentro un imbuto, m'insegue la voce del Comandante: "Mulargia! Per l'amor di quel dio!"

Esco fuori che il mare s'è allungato ancora e la coperta è bagnata fradicia. Scivolo, cado, batto un ginocchio, sento una fitta di dolore, resto a terra qualche secondo e quando faccio per rialzarmi una mano mi acchiappa per lo scarpone e mi tira indietro.

"Mulargia, fermati."

Nonostante la corazza che lo imprigiona il Comandante mi ha raggiunto e mi tira a sé, sul ponte spazzato dalle onde. Il *Cappellini* ha smesso di avanzare, è sballottato dal mare, rolla, beccheggia. In lontananza i bagliori delle cannonate e vicine, invece, molto vicine, le colonne d'acqua sollevate dalle bombe che esplodono davanti alla nostra prua. Faccio finta di lottare col corpo che mi schiaccia a terra ma in realtà mi sono già arreso. Se quello che ho addosso fosse un nemico gli pianterei il pugnale nel fianco, ma è il mio Comandante, il pugnale me lo ha dato lui all'imbarco, e lo lascio cadere in coperta.

"Ma cosa vuoi fare, Mulargia?" mi dice. La sua voce è calma, paterna. Non è arrabbiato con me. "Eh? Cosa vuoi fare?"

"Volevo solo aiutare, Comandante," gli rispondo. "Io vi capisco, voi non potete farlo, ma io sì: e so come farlo, so dove tagliare perché non soffrano. Deu pungiu beni..."

Le bombe fioccano, sempre più vicine. Il Comandante ora sembra abbracciarmi, per proteggermi più che per immobilizzarmi. Continuo a parlare a voce bassa, come se pregassi: "... così potevamo vivere almeno noi. Potevate vivere voi, Comandante, che avete famiglia, e vi restava la coscienza pulita, pure..."

Stagliati contro il cielo plumbeo ora ci sono dei volti: Marcon, Cecchini, Leandri, Nucifero... Se il Comandante fosse stato lento come loro, noi ora potremmo immergerci.

"Mulargia," dice il Comandante, "ti sei dimenticato? Io ti ho decorato. Non devi darmi del voi, devi darmi del tu."

La sua voce si sente a malapena nel fragore delle cannonate. Stiamo per morire ma lui continua ad abbracciarmi, sdraiato sul ponte fradicio, a tenermi con le mani, come se fossimo due ragazzini che fanno la lotta in un prato e hanno tutto il tempo che vogliono. "E noi continueremo a vivere, tutti," dice, e intanto allenta la presa con cui mi tiene a terra, "devi solo fidarti del tuo Comandante."

Scoppi, colonne d'acqua, spruzzi: mentre parla, lo sguardo del Comandante si perde in quell'Apocalisse. È lo sguardo di un uomo che è pronto a morire.

"Torna giù con me."

E io ci vado. Prima no, ma ora sono pronto anch'io.

39.

COMANDANTE DEL CONVOGLIO INGLESE

... questo italiano che mi parla in italiano e in piena guerra mi chiede di non spargli mi chiede di interrompere la guerra praticamente mi propone un armistizio tra me e lui qui adesso in pieno oceano alla faccia dei nostri comandi per salvare la vita dice di ventisei marinai uomini qualsiasi né nostri né suoi e nemmeno militari che però trasportavano due nostri aerei io lo so bene nonostante la loro bandiera fosse neutrale ma l'entrata in guerra del Belgio al nostro fianco è ormai una questione di giorni e dunque non ho nemmeno la scusa di tenere nascosto il supporto che ci sta dando e se non accettassi se continuassi a spargli finché non lo affondo lui potrebbe tirarci i suoi maledetti siluri e fare chissà quali danni alle nostre navi e uccidere chissà quanti dei nostri mentre invece se gli credessi se in piena guerra io credessi alle parole di questo italiano che mi parla in italiano e accettassi la tregua che mi propone di ventiquattr'ore dice per lasciargli il tempo di sbarcare alle Azzorre i naufraghi come li ha chiamati non ha detto i prigionieri o superstiti ha detto proprio i naufraghi io lo so bene l'italiano leggo Dante leggo Petrarca leggo le rime di Michelangelo fuggite amanti amor fuggite 'l foco ha detto naufraghi e i naufraghi sono sacri e se io accettassi la tregua che mi propone e lo lasciassi passare e quelle ventisei vite umane che lui non ha voluto sacrificare non le sacrificassi nemmeno io non mi ritroverei certo a pentirmene in futuro eccetto naturalmente se si trattasse di un trucco ma se voleva attaccarci per quale ragione navigare in superficie e offrirsi come bersaglio per i nostri cannoni molto meglio star sotto e venir fuori all'improvviso e farci fare la fine della *British Fame* affondata qui in Atlantico due mesi or sono o del *Khartoum* nel Mar Rosso quattro mesi fa un incubo per noi questi sommergibili che sbucano fuori all'improvviso non avrebbe proprio alcun senso per lui navigare in superficie senza approfittare del fattore sorpresa e qui tutti stanno aspettando il mio ordine i miei ufficiali dai capelli ben rasati il mio marconista con le cuffie calate sul collo e anche l'italiano laggiù sta aspettando non sta sparando in effetti potrebbe sparare siamo a tiro ma lui non spara sono solo io a sparare lui non è in guerra lui sta solo cercando di salvare quelle vite cioè la cosa più entusiasmante che un uomo di mare possa fare e per farlo ha avuto bisogno di fidarsi di me e l'ha fatto e adesso ha bisogno che anch'io mi fidi di lui e allora mi fido anch'io maledizione smetto anch'io di stare in guerra perché la guerra non si può fare da soli e mi fido di lui sì e ordino il cessate il fuoco sì e mentre il mio ordine viene ribattuto e i cannoni smettono di sparare mi sento sicuro come mai ci si può sentir sicuri in guerra sicuro sì che non mi pentirò mai di aver dato quest'ordine e ordino a tutto il convoglio di allargarsi sì per lasciar passare questo pazzo che mi parla la lingua dei pazzi e di suonare le sirene sì mentre passa per salutarlo sì perché oggi sono pazzo anch'io sì e la guerra è sospesa sì e il suo sommergibile è sacro, sì.

Cease fire.

40.

TODARO

Rina carissima, oggi è un giorno fausto. C'è un eroismo barbaro e ce n'è un altro davanti al quale l'anima si mette a piangere: il soldato che vince non è mai così grande come quando si inchina davanti al soldato vinto. Oggi noi e i nostri nemici, insieme, ci siamo salvati.

41.

GIGGINO

'O Comandante è venuto in cambusa insieme al Capo Nocchiere e al Secondo Ufficiale dei belgi, chillo giovane che parla l'italiano meglio 'e me. Nun saccio come hanno fatto ad arrivare dalla camera di manovra attraverso 'a festa che s'è fatta dappertutto dopo che gli inglesi ci hanno lasciato passare. Nun saccio manco come sono riusciti a entrarci, in cambusa, che eravamo già accalcati come sardelle, me li sono trovati annanz' e basta. Io pure non stavo nella pelle dalla contentezza, perché anch'io credevo che il Comandante ci portava a morire per fare quel bel gesto, e invece teneva raggione. Ero quasi più contento di questo, che il Comandante non s'era sbagliato, che di essere vivo. E insomma me li sono trovati annanz' e il Comandante ha chiesto al guaglione belga qual è la cosa chiù bbuona che si mangia al paese suo. Chillo è restato stranito, nun se l'aspettava, lì per lì non ha risposto e il Comandante gliel'ha chiesto di nuovo, "Su, cosa mangiate voi di buono in Belgio?", e allora chillo ha rispuost', ma ha ritt' 'na cosa strana assai, una cosa ca nun s'aspettava nisciuno: "Patatine fritte," ha ritt'.

Tutti noi italiani, Comandante compreso, siamo scoppiati a ridere. "Patate fritte? State scherzando, Tenente?" Ma il guaglione belga ha ritt' che è proprio il loro piatto nazionale, che l'hanno inventato loro: le patatine fritte. Allora 'o Comandante m'ha guardato a me e mi ha chiesto se ne sapevo qualcosa, e io aggio risposto no, signor Comandante, mai sentito dire, e intanto pensavo a tutte le ricette con le patate che so cucinare, il gattò di patate, il crocché di patate, le patate arrosto, le patate in tortiera, le patate a schiscionera, al cartoccio, in umido, stufate, imporchettate, schiacciate, il purè di patate, le patate al parmigiano, nella cenere, al coppo, alla lionese, e 'a cosa più fritta che ci sta con le patate è la frittata di patate, e poi pure ai fritti, pensavo, il fritto di pasta ripiena, le ciambelline fritte, le crescentine, le pesche fritte, la crema fritta, le frittelle di riso, le bombe fritte, le castagnole, il pane fritto, il fritto di ricotta, di mostarda, di mele, di cardoni, di finocchi, il semolino fritto, la polenta fritta, il fegato di maiale fritto, i granelli fritti, il fritto alla bolognese, il fritto alla romana, il fritto misto di mare, il pollo fritto, l'agnello fritto, il coniglio fritto, le cotolette fritte, le animelle fritte, il fritto di cervello e schienali, i carciofi fritti, le carote fritte, gli zucchini fritti, i fiori fritti, i funghi fritti, le crocchette in tutti i modi, e le crocchette ci stanno pure di patate ma qui si parla di un'altra cosa proprio, si parla di un'invenzione, e io aggio capito subito che era un'invenzione semplice e geniale, cioè la base di tutta la cucina italiana che aggio studiato con tanta passione, e ca nun c'avissimo penzato nuje italiani a farla, questa invenzione, era 'na vergogna, anzi, ca nun c'avissimo penzato nuje napuletani, ca friggimm' tutte cose ca ce stann', era 'na vergogna. È assurdo, l'abbiamo lasciato fare ai belgi. Cumme se c'avissimo scurdato d'inventare la pizza, poi arriva 'nu turco e dice: "M'aggio inventato la pizza." Ancora non sapevo come si preparavano ma il palato mio già mi diceva che queste patatine fritte erano una delizia. 'O Comandante pure aveva capito che ci stava qualcosa di grande in queste patatine fritte: ha deciso che dovevamo assaggiarle e mi ha messo a me a parlamentare col guaglione belga su come dovevo prepararle. M'ha ritt' che loro le friggono nel grasso di manzo, e io gli aggio insegnato che in italiano il grasso di manzo si chiama sego ma poi gli aggio spiegato pure che noi il sego non lo usiamo perché friggiamo col grasso di maiale, che si chiama strutto. 'O guaglione mi ha insegnato come tagliare le patate per friggerle, e chista è stata un'altra sorpresa: a bastoncini, vanno tagliate. M'ha 'ritt ca ce sta proprio uno strumento in tutte le cucine del paese suo che affetta le patate a bastoncini come nelle nostre ce sta 'o passapatate, e insomma io e il Povero Bicienzo ci siamo messi a sbucciare tutte le patate ca ce stavano in dispensa e a tagliarle a bastoncini, e tutti ci guardavano, i belgi perché sapevano cosa stavano per mangiare e gli italiani perché non ne avevano idea.

La frittura per me non tiene segreti, sono 'nu maestro di pastelle e panature, ma questa è davvero un'invenzione perché i bastoncini di patate vanno buttati nello strutto bollente così come sono, senza pastelle o farina o pangrattato, niente. Chi è che frigge così da noi?

Ecco 'nu popolo che tiene coraggio, aggio pensato mentre lo preparavo, se s'inventa 'nu fritto accussì povero. Ed ecco 'nu popolo che tiene del genio, aggio pensato dopo averlo assaggiato, se il fritto ca s'inventa è accussì delizioso. All'improvviso, quando abbiamo cominciato a servire chiste patatine fritte, dint''o *Cappellini* è sceso 'o silenzio che accompagna la robba seria, con gli italiani stupefatti e i belgi ca se sentivano a casa.

Non solo 'o Comandante teneva ragione, e fare la cosa giusta, pure in guerra, è un'ispirazione che la fa fare pure al nemico, ma siamo stati subito ripagati, perché chisto fritto da niente, facile facile, povero povero e accussì buono da illuminare, se ne scendeva tomo tomo in fondo al mare insieme ai belgi, se non li salvavamo, dato che il Caporal Maggiore Giggino Magnifico nun se lo inventava proprio.

42.

MARCON

18 OTTOBRE 1940
ORE 16.00
85 MIGLIA DA SANTA MARIA DELLE AZZORRE

    Il piccolo lavabo della cucina straripa di bucce di patata. Sul tavolo tre pile di piatti vuoti, e posate, bicchieri. Queste patatine fritte sono piaciute a tutti, erano veramente buone. Incredibile che si debba venire fin nel mezzo dell'oceano per scoprire una cosa così buona e semplice. L'espressione dei belgi ora è molto rinfrancata. Giggino, ispirato, ha preso il mandolino di suo padre, che si porta sempre dietro, e attacca a cantare: "Stai luntano da stu core, a te volo c''o pensiero, niente voglio e niente spero che tu pienz' sulamente a me..." Tutti gli italiani si lanciano a cantare insieme a lui. Compreso Todaro. Compreso me. "Oi vita, oi vita mia, oi core e chistu core, sì stato 'o primm'ammore, 'o primm' e l'ultimo sarrai pe' meee..."
    Un giovane marinaio belga che sembra una donna sta seduto in un angolo, immobile, è l'unico che non si lascia trasportare. Accanto a lui è seduto il marò Staderini, che gli accarezza un ginocchio.

ORE 22.00
45 MIGLIA DA SANTA MARIA DELLE AZZORRE

Dopo aver lasciato per quattro ore la propria cuccetta al comandante Vogels, durante le quali ha svolto regolarmente tutti i suoi doveri di Comandante, finalmente Todaro va a riposare. Sulla porta della sua cabina mi dice: "Mi stendo un po'. Svegliami tra mezz'ora." Io sono imbarazzato, sono ore che cerco l'occasione per chiedergli scusa. "Salvatór, gò da dirte 'na roba…" Ma lui m'interrompe, e mi dà una carezza sulle cicatrici. "D'accordo, va'. Tra un'ora…"

Entra e chiude la porta della cabina.

È solo, non lo vede nessuno, ma io è come se lo vedessi. Si siede sulla cuccetta, si toglie gli stivali, poi la camicia, e fa emergere il ferro del busto. I segni che ha praticato sul suo torace sono sempre più evidenti. Solo adesso, non visto, Todaro si concede delle smorfie di dolore, poi però smette e respira profondamente. L'occhio gli fugge a capo del letto, dove c'è la boccetta di morfina, e per un istante sembra considerare il sollievo che proverebbe iniettandosene una dose. Poi però distoglie lo sguardo, solleva le gambe, le incrocia, drizza il torace e raccoglie le mani in grembo, assumendo quella sua posizione yoga.

Chiude gli occhi…

19 OTTOBRE 1940
ORE 5.45
1,5 MIGLIA DA SANTA MARIA DELLE AZZORRE

Davanti alla prua del *Cappellini* la striscia rosa che annuncia l'alba e alla nostra sinistra il profilo nero di un'isola dalle gobbe alte e accidentate. È Santa Maria delle Azzorre. Il mare si è acquietato ma il vento no, continua a sferzare. Il battello fila dolcemente verso una baia che sembra riparata: non so come si chiama, non sono mai stato alle Azzorre. Todaro ha fatto uscire i belgi dalla torretta e li ha fatti scendere sulla schiena del battello, all'esterno, dove anche lui se ne sta, ritto, nel vento, insieme al Segnalatore Barletta.

Dal faro arrivano segnali morse luminosi, che Barletta decifra: "Insiste, signor Comandante. Vuole sapere chi siamo, la nostra nazionalità e le nostre intenzioni."

Todaro è divertito. "Il guardiano del faro..." dice.

"Sì, signor Comandante."

Sta fumando liberamente, tutti fumiamo liberamente, ormai, dopo giorni, senza fare quella cosa da fachiri che ci ha insegnato Mulargia.

"D'accordo," dice Todaro, e scatta verso la garitta. Apre lo sportello e si sporge dentro: "Ragazzi!" grida. "C'è il guardiano del faro, qui, che vuole a tutti i costi sapere chi siamo. Che dite, gli facciamo vedere la bandiera?"

Dalla garitta giunge un grido: "La bandieraaa!"

"Su, allora," grida ancora Todaro. "Datevi da fare!"

E così, malgrado le sorprese e le avversità, Todaro riesce a fare anche questo.

Mentre dal faro continuano a giungere i lampi delle richieste in alfabeto morse, dalla garitta escono due, tre, quattro, cinque ombre. Sono Leandri, Bastino, Negri, Cecchini e Nucifero. Portano un drappo nero in cima alla torretta, lo issano sul pennone. Nel cielo che rischiara, il drappo si mette subito a sventolare, ed è la bandiera nera dei pirati che Todaro non si sa come si è procurato e ha portato a bordo, accendendo la fantasia di molti ragazzi. Perché sono ragazzi, questi: figli suoi no, ma miei sì, potrebbero esserlo. Le ombre continuano a uscire dalla garitta, si raggruppano a prua. Si leva un grido: "Viva il Re! Viva la Filibusta!"

Todaro continua a sorridere. Il *Cappellini* entra nella baia.

43.

RECLERCQ

È un'alba limpida, spazzata dal vento. A bordo dei battelli di salvataggio, a gruppi di quattro, i miei compagni vengono sbarcati sulla spiaggia. Malfermi, feriti, stupiti, respirano finalmente a pieni polmoni. Essere vivi e circondati da tanta bellezza è un dono assurdo, violento. A mano a mano che si allontanano, guardano per l'ultima volta il sommergibile che li ha portati fin qui, e i marinai italiani, radunati sul ponte, guardano loro. Qualcuno li saluta. Per ultimi rimaniamo Vogels e io, a tu per tu con il Comandante. Adesso Vogels sente il bisogno di parlare, e mi chiede di tradurre per lui.

"Ma voi, chi siete?" è la sua domanda.

Il Comandante italiano si liscia il pizzetto e risponde: "Un uomo di mare. Come voi."

Vogels tace un istante, poi pronuncia un'altra frase in fiammingo e io lo guardo stupito, ed esito prima di tradurla, finché lui, con un gesto del capo, mi incoraggia a farlo, e allora lo faccio: "Trasportavamo aerei inglesi," dico.

Il Comandante italiano non fa una piega. "Lo immaginavo," risponde. Ora quello laconico è lui, mentre a Vogels si è improvvisamente sciolta la lingua.

"Voi sapete," chiede, "che al vostro posto io non vi avrei preso a bordo?"

E il Comandante: "È la guerra."

"Perché voi ci avete salvato?"

L'uomo a cui dobbiamo la vita accenna un sorriso, una crepa quasi impercettibile nella sua maschera di combattente.

"Perché noi siamo italiani," dice.

Vogels gli stringe la mano, poi riprende a parlare: credo non abbia mai parlato tanto in vita sua: "Ho quattro figli. Ditemi almeno il vostro nome, perché i bambini possano pregare per l'uomo che ha salvato la vita al loro padre."

La risposta: "Ditegli di pregare per zio Salvatore."

I due comandanti si fissano ancora qualche istante. La frase che l'italiano ha appena pronunciato li ha resi improvvisamente fratelli, e Vogels sembra il primo marinaio di Ostenda sul punto di piangere. Ma tiene duro, si volta e scende sul battellino.

Rimango io. Anche io devo dirgli qualcosa.

"Comandante," attacco, "io non ho figli ma..."

"Fatene, allora," m'interrompe. "Fatene tanti."

"... Non so come ringraziarvi," balbetto. Non era così che finiva la frase che avevo cominciato, ma non mi viene altro. Un modo di dire, niente più, al quale però zio Salvatore dà senso.

"Un modo ci sarebbe," dice.

"Davvero?"

"Sì. Avete detto che siete laureato in lettere classiche, giusto?"

"Sì."

Ed ecco ancora una volta che mi sorprende: tira fuori il portafogli dalla giacca della divisa, da esso estrae un foglio tutto spiegazzato e me lo porge.

"Che cosa c'è scritto?" mi chiede.

È una frase scritta in greco antico con una grafia malferma. La leggo ma esito a tradurgliela, cercando un senso. "Sapete da che testo proviene?" gli chiedo.

Mi risponde che non ne ha la più pallida idea.

"Potrebbe essere l'*Iliade*..." dico, quasi tra me e me, e lui mi chiede di nuovo cosa dice. "Niente," gli rispondo, e stavolta sono io a sorprendere lui: "Come, niente?"

"È una genealogia," spiego, "ce ne sono tante, nell'*Iliade*." Guardo l'uomo che mi ha salvato la vita, cerco di immaginare cosa abbia a che fare con quel testo, e traduco: "Sisifo, figlio di Eolo, che ebbe come figlio Glauco, che a sua volta generò Bellerofonte, perfetto, senza macchia."

"E basta?" chiede lo zio Salvatore.

"E basta," rispondo.

Gli restituisco il foglio, lui se lo rimette in tasca e sorride: stavolta la fessura è più profonda e rischiara un'espressione assorta, reminiscente. "Grazie," dice, lui a me, e mi stringe la mano. Ma una stretta di mano non basta, e io lo abbraccio, e sento l'acciaio della sua corazza contro il petto ma anche il calore del corpo che imprigiona; e poiché non sono un militare, sono un professore di greco e latino che ha passato delle peripezie, e non sono nemmeno di Ostenda, quando lui ricambia il mio abbraccio, e mi stringe, piango. Poi scendo nel battellino dove Vogels e due marinai italiani mi aspettano per l'ultimo trasbordo.

Ci allontaniamo dal sommergibile e lui ci guarda. Tocchiamo terra e lui ci guarda. Ci riuniamo ai nostri compagni e lui ci guarda.

Se anche la guerra lo ucciderà, egli non morirà mai.

44.

MARCON

19 OTTOBRE 1940
ORE 8.15
SANTA MARIA DELLE AZZORRE

La baia si chiama Vila do Porto, è bellissima e scintilla sotto il sole d'autunno. I naufraghi sono stati tutti sbarcati, i ragazzi stanno riponendo i battelli di salvataggio. Mancano solo Giggino e il Povero Bicienzo, scesi a terra per rifornire la cambusa nell'emporio del villaggio. "Prendete più patate che potete," gli abbiamo detto tutti.

Dalla torretta del *Cappellini* Todaro abbraccia con lo sguardo la terra verde dell'isola e sembra soddisfatto, forse addirittura felice, come si può esser felici mentre si fa la guerra.

45.

TODARO

Il giovane ufficiale belga mi ha citato a memoria una riflessione di Voltaire sulla felicità: gli uomini cercano la felicità come un ubriaco cerca casa sua, sa che sta da qualche parte ma non la trova.

Io, questa fissazione dei filosofi per la felicità non la condivido. In fondo che cos'è? Di sicuro non può essere uno scopo: al massimo, un premio. Per il lavoro duro.

A pensarci bene, Rina, tutto sommato me ne frego.

Sto scrivendo una canzone per te, è triste. In futuro sono certo che molti concorderanno che le canzoni belle sono tutte tristi. Vuoi che ti accenni i primi versi? Anzi, no. Quando torno a casa te la canto, ora siamo pronti a salpare. Il greco annuisce, da qualche parte nello spazio e nel tempo.

Io sono di nuovo pronto a colpire e affondare tutti i nemici che incontrerò sul mio cammino e a ridiventare invulnerabile quando salverò la loro vita.

Così si è sempre fatto, in mare, così sempre si farà.

E coloro che non lo faranno saranno maledetti.

EPILOGO

Un mese dopo l'affondamento del *Kabalo*, il Belgio abbandonerà lo stato di neutralità e scenderà in guerra al fianco dell'Inghilterra.

Salvatore Todaro morirà due anni dopo, il 14 dicembre 1942. Colpito dalla raffica di mitraglia di uno Spitfire inglese al largo di La Galite, in Tunisia, a bordo del motopeschereccio armato *Cefalo* di ritorno dopo una missione notturna. Nel sonno, come aveva predetto.

L'intero equipaggio del *Kabalo* sopravviverà alla guerra.

In tempo di pace, Vogels, Reclercq e compagni si recheranno a Livorno per incontrare la moglie di Todaro, Rina, e la figlia Graziella Marina che il Comandante non ebbe mai la gioia di conoscere.

Apporranno una targa commemorativa sulla lapide del loro Salvatore, in segno di ringraziamento.

Dei centoquarantacinque sommergibili impiegati durante la Seconda guerra mondiale dalla Regia Marina Militare, ne sopravviveranno soltanto trentasei.

Tutti gli altri riposano sul fondo del mare, coperti da croci di corallo.

APPENDICE

ELENCO DELLE DIVINITÀ MARINE

MITOLOGIE AFRICANE

Mami Wata
Loa che riunisce tutti gli spiriti marini dell'Africa e della diaspora africana.

Agwé
Loa vudù del mare.

CIVILTÀ AINU

Repun Ka
Kamui del mare con sembianze d'orca.

MITOLOGIA ARMENA

Tsovinar
Dea del mare e delle tempeste.

MITOLOGIA ASSIRO-BABILONESE

Ea
Grande divinità delle acque.

Tiamat
Divinità del caos e delle acque salate, madre di tutti gli dèi.

Sirsir
Figlio di Tiamat, dio dei marinai.

MITOLOGIA AZTECA

Huixtocihuatl
Dea dell'acqua salata.

Chalchiuhtlicue
Dea dei laghi, dei fiumi, dei mari e delle tempeste.

MITOLOGIA CANANEA

Yam
Dio del mare e del caos primordiale.

Asherah
Madre degli dèi e divinità della saggezza e del mare.

MITOLOGIA FENICIA

Halieus
Tritone cornuto, dio della pesca.

Pateci
Divinità protettrici dei naviganti.

CIVILTÀ CINESE

Wang Yuanpu
Re del Palazzo dei mari orientali.

Mazu
Dea dell'acqua e protettrice della gente di mare.

Aojun
Re drago del Mare occidentale.

Aoguang
Re drago del Mare orientale.

Aoqin
Re drago del Mare meridionale.

Aoshun
Re drago del Mare settentrionale.

Hai Re
Dio del mare.

Hung Shing
Dio del mare protettore dei pescatori.

Tam Kung
Divinità del mare.

Shuixian Zunwang
Nobili immortali del regno dei mari.

Gonggong
Terribile dio delle acque, che ha dato il nome anche a un pianeta nano del sistema solare, la cui piccola luna è stata nominata *Xiangliu*, come il suo mostruoso servitore con nove teste e corpo di serpente.

MITOLOGIA CELTICA

Lir
Dio irlandese del mare.

Llŷr
Dio gallese del mare.

Manannán mac Lir
Divinità marina irlandese.

Nodens
Dio della guarigione, del mare, della caccia e dei cani.

CIVILTÀ CRISTIANA

Maria Vergine
Stella Maris, madre di Gesù, patrona di tutti quelli che vanno per mare.

San Pietro Apostolo
Protettore dei pescatori e dei papi.

Sant'Andrea Apostolo
Protettore dei marinai, dei pescatori e dei cantanti.

Sant'Antonio da Padova
Sacerdote e dottore della Chiesa, protettore dei marinai, dei pescatori, degli affamati, degli animali, dei bambini, dei cavalli, delle donne incinte, dei fidanzati, del matrimonio, dei nativi americani, degli oggetti smarriti, degli oppressi, dei poveri, dei viaggiatori.

San Nicola di Bari
Vescovo, protettore dei marinai, dei bambini e di chiunque si trovi in circostanze avverse.

Santa Barbara
Martire, protettrice dei marinai, degli architetti, degli artificieri, degli artiglieri, dei campanari, degli ingegneri ambientali, dei minatori, dei muratori, degli ombrellai, dei vigili del fuoco.

San Francesco di Paola
Eremita, fondatore dell'Ordine dei Minimi, celeste patrono dei marittimi d'Italia, invocato contro gli incendi, le epidemie e la sterilità.

San Francesco Saverio di Navarra
Sacerdote, protettore dei marinai e dei missionari.

Santa Maria di Cervellón
Vergine, protettrice dei naviganti in difficoltà e dei naufraghi.

Sant'Adelaide di Borgogna
Due volte Regina consorte d'Italia, protettrice dei battellieri, dei barcaioli e degli ormeggiatori.

Santa Francesca Cabrini
Missionaria, protettrice degli emigranti nelle traversate oceaniche.

Sant'Elmo
Vescovo e martire, altro nome di sant'Erasmo di Formia, protettore dei naviganti invocato durante le tempeste marine.

Sant'Eulalia di Barcellona
Vergine e martire, patrona dei marinai e protettrice dalla siccità.

Beato Pietro González
Domenicano, protettore dei naviganti e dei pescatori.

San Foca l'Ortolano
Martire, protettore dei marinai, dei giardinieri e degli ortolani.

Sant'Adalberto di Praga
Vescovo e martire, protettore dei marinai.

Sant'Amalberga di Maubeuge
Vedova e monaca, patrona dei marinai e degli agricoltori, invocata a protezione dalla grandine, dalle contusioni e dalle lussazioni.

San Cutberto di Lindisfarne
Vescovo, protettore dei marinai.

San Brendano di Clonfert
Abate, protettore dei marinai, dei naviganti e delle ragazze da marito.

MITOLOGIA ELLENICA

Poseidone
Re del mare e signore degli dèi del mare, dei fiumi, delle tempeste, delle inondazioni e della siccità, dei terremoti e dei cavalli.

Anfitrite
Moglie di Poseidone, dea minore del mare calmo.

Cimopolea
Figlia di Poseidone e moglie di Briareo, dea delle violente tempeste.

Tritone
Divinità dalla coda di pesce, figlio e banditore di Poseidone.

Proteo
Vecchio dio del mare mutaforma, guardiano del gregge di foche e di altre bestie marine di Poseidone.

Ponto
Dio primordiale del mare, padre dei pesci e di altre creature del mare.

Thalassa
Dea primordiale del mare.

Brizo
Dea del sonno protettrice dei marinai.

Ceto
Dea dei pericoli e dei mostri marini.

Doride
Dea della generosità del mare.

Euribia
Dea della padronanza sul mare.

Galene
Dea del mare calmo.

Psamate
Dea delle spiagge di sabbia.

Leucotea
Dea preposta ad aiutare i marinai in difficoltà.

Forco
Dio dei pericoli nascosti negli abissi marini.

Taumante
Dio delle meraviglie del mare e padre delle arpie e di Iride, dea dell'arcobaleno.

Idotea
Ninfa del mare e figlia di Proteo.

Glauco
Mitico pescatore divenuto dio marino.

Nereo
Divinità del mare tranquillo, raffigurata come un vecchio nerboruto.

Palemone
Divinità marina che aiutava i marinai nelle tempeste.

Delfino
Fido messaggero del dio del mare Poseidone.

MITOLOGIA FINLANDESE

Ahti
Dio delle profondità marine.

Vellamo
Moglie di Ahti, dea delle tempeste.

MITOLOGIA FIGIANA

Daucina
Dea della marineria.

Dakuwaqa
Dio dalle sembianze di squalo protettore dei pescatori.

MITOLOGIA FILIPPINA

Magwayen
Dea del mare e della morte.

CIVILTÀ GIAPPONESE

Mizuchi
Leggendario dragone marino.

MITOLOGIA HAWAIANA

Nāmaka
Dea del mare.

Kanaloa
Dio del mare e dell'oltretomba, raffigurato da un calamaro gigante.

Kāmohoaliʻi
Dio dalle sembianze di squalo.

Ukupanipo
Il grande dio squalo che veglia sui luoghi della pesca.

MITOLOGIA INDÙ

Samundra
Dea dei mari.

Varuṇa
Dio degli oceani e reggente dell'ordine dell'universo.

MITOLOGIA INUIT

Aipaloovik
Dio marino della morte e della distruzione.

Arnapkapfaaluk
Dea del mare.

Idliragijenget
Dio dell'oceano.

Sedna
Dea del mare.

MITOLOGIA ITTITA

Illuyanka
Il formidabile Dragone degli oceani.

MITOLOGIA MĀORI

Tangaroa
Dio del mare e della pesca.

MITOLOGIA LITUANA

Gerdaitis
Spirito-guida delle navi e dei marinai.

MITOLOGIA LUSITANA

Duberdicus
Dio di mari e fiumi.

MITOLOGIA NORRENA

Ràn
Dea del mare che raccoglie con la sua rete gli annegati.

Njörðr
Dio del mare, del vento, della pesca e della navigazione.

FOLCLORE SLAVO

Czar Morskoy
Dio del mare.

Chernava
Sirena, figlia di Czar Morskoy.

MITOLOGIA SUMERA

Nammu
Dea madre che designa il mare primordiale.

CIVILTÀ VIETNAMITA

Cà Ông
Dio balena protettore dei marinai.

Questo romanzo è una drammatizzazione di fatti ed eventi accaduti. Alcuni nomi sono stati cambiati e alcuni eventi e personaggi sono stati modificati o traslati nel tempo a scopi narrativi.

Finito di stampare nel mese di gennaio 2023 presso
L.E.G.O. S.p.A.
Stabilimento di Lavis (TN)

Printed in Italy

COMANDANTE

VERONESI PLES
DE ANGELIS ED

BOMPIANI
GIUNTI ED